Die Schneekugel
Roman
Erste Auflage
2014

Herausgegeben in Eigenverlag
Eigener Vertrieb
Alle Rechte vorbehalten
Raym Eischen
Bad Bertrich

2

Meine Vorgeschichte entspricht dem, was sich am 1. September 1983 über der Insel Sakhalin in Sowjetischem Hoheitsgebiet zugetragen hat.

Oh, es ist kein Geheimnis.
Die Fakten, Berichte, Zeugenaussagen, Funk-Mitschnitte … usw, sind in ausreichender Menge veröffentlicht worden, und in den Zeitschriften, sowie im Internet zu finden.
Ich trete damit also keinem zu nahe.
Allerdings wurden die Namen von mir geändert, aus Rücksicht auf die Betroffenen.

Raym Eischen

Vorgeschichte :

Anchorage, Internationaler Flughafen Alaska, 31. August 1983

Der weiße Jumbo-Jet der Korean Airlines, der an diesem Abend vom Kennedy International Airport in New York herübergekommen und in Alaska auf dem internationalen Flughafen von Anchorage zwischengelandet war, stand bereit für den Flug nach Seoul.

Es war 1 Uhr 48.
Die Passagiere saßen seit einer Viertelstunde geordnet auf ihren Plätzen und Flugkapitän Chong Pyon Kim erbat die Startfreigabe.
Es war mitten in der Nacht und bitterkalt draußen.
„Korean Airlines 007 startklar. Wir wurden auf der Höhe von 31.000 Fuß angewiesen."
„Anchorage Tower hier. Korean Air 007 startklar nach Seoul via Anchorage. 800 Fuß, danach steigen auf Flughöhe 31.000 und Höhe halten. Funkfrequenz 118,6 sqauwk 6072."
„Korean Airlines 007 Startfreigabe für Seoul. 8, steigen und Höhe 310 halten. 118,6 6072."
„Korrekt."

4

So in etwa die Funksprüche die gegen 1 Uhr 50 in der Nacht zwischen dem Jumbo-Jet der Korean Airlines und dem Tower in Anchorage ausgetauscht wurden.
Acht Minuten später meldete sich die Maschine erneut.
„KAL 007 klar zum Start."
„Anchorage Tower Controll. Korean 007 verstanden. Startfunkfrequenz 118,3, auf Tower abgestimmt. Geben Start frei auf Startbahn 32."
Ein paar Sekunden später rollte die schwere Maschine an und schwenkte auf die Startbahn 32 ein.
Dort verweilte sie ein paar Sekunden.
Da die Startfreigabe schon vom Tower aus erfolgt war, gingen die Piloten der Kal 007 auch sogleich in den Start über.
Die vier mächtigen Triebwerke der Boeing 747 heulten auf und die Maschine schoss vorwärts. Die Passagiere wurden in die Sitze gepresst. 30 Sekunden später stieg die Maschine mit blitzenden Positionslichtern in den nachtschwarzen Himmel.
2 Uhr 01.
Die Maschine die im Himmel verschwunden war, tauchte jetzt auf dem Radar der Towers auf.
„Anchorage Tower Controll. Korean 007, bestätigen Start. Haben Radarkontakt. Steigen Sie und halten Flughöhe 310. Schwenken Sie nach links und nehmen Sie Kurs 220."
„KAL 007 wir haben verstanden. Kurs 220 und Höhe 310 halten."
Zwei Minuten später schaltete Flugkapitän Chong Pyon Kim den Autopiloten des Jumbo-Jets ein, auf den vorgegebenen Kurs 220.
Zu diesem Zeitpunkt hätte auch der INS-Modus auf dem Autopiloten eingeschaltet werden müssen. Ob das auch tatsächlich geschah, konnte später zwar nicht mehr festgestellt werden, aber ab diesem Zeitpunkt ging es schief. Der Autopilot hielt schnurgrade den Kurs 220. Das Einschalten des INS-Modus war unterlassen worden, aus welcher Ursache auch immer.
Die Maschine entfernte sich aus dem Radarbereich von Anchorage.
2 Uhr 27. Der Tower von Anchorage entlässt die Maschine in den freien Flugraum. „Korean Air 007. Beenden Radarüberwachung.

Kontaktieren Sie Center 125,2. Schönen Tag noch."
„KAL 007. Klar. KE 007 zwo fünf zwo, schönen Tag noch."
Ab jetzt würde sich die Maschine nur noch über den vorgesehenen Kontrollpunkten melden.
Eine Minute später informieren die Piloten der Maschine ein letztes Mal, dass sie die 30.000 (etwa 9.500m) Fuß erreicht haben und weiter steigen. „Kal 007, melden weiterhin Steigflug auf 31.000 Fuß. Verlassen 300 um auf 310 zu kommen."
„Verstanden, Korean Air 007. Melden Sie sich über Bethel."
Zwei Minuten später hätte die Maschine über den Cairn Mountain fliegen müssen. Zu diesem Zeitpunkt war sie jedoch schon 9 km nördlich vom Kurs.
Zwanzig Minuten später, statt den Kontrollpunkt Bethel zu überfliegen, befand sie sich schon über 20 km außer Kurs, Richtung Sowjetische Grenze.
Die Piloten der Maschine schienen ihren hochgefährlichen Irrtum nicht zu bemerken, denn um 2 Uhr 50 meldeten sie sich vorschriftsmäßig in Anchorage: „Anchorage, Korean Air 007."
„Korean Air 007, sprechen Sie."
„007 über Bethel um 2 Uhr 49. Flughöhe 310 (31.000 Fuß). Schätzen dass wir Nabie gegen 3 Uhr 30, Position 219 minus 49295, Diagonale 25, überfliegen werden. (Laut der Militärradarstation von King Salmon war die Kal 007 in dem Moment 23,3 km nordwärts.)
Anchorage antwortete noch einmal. „Ok, Korean Air 007. Melden Sie sich bei Nabie auf 1278."
Später, über Nabie ist die Maschine der Korean Airlines schon so weit außer Kurs, dass sie Anchorage nicht mehr über Funk erreicht.
Das übernimmt, für sie, eine zweite Maschine der Korean Airlines, Flug Kal 015, die auf demselben vorgegebenen Kurs fliegt, und zwar kursgerecht. Deren Crew gibt die Meldung von Kal 007 weiter nach Anchorage.
Es ist Nacht. Die Kal 015 merkt nicht, dass die Kal 007, statt ziemlich nah vor ihr zu fliegen, schon viel weiter nördlich auf Russland zufliegt.
Niemand merkt was.

Und die, die was merken, sitzen wie erstarrt an ihren Geräten und wissen nicht, was das werden soll.
Die Kal 007 bleibt weiter auf ihrem tödlichen Kurs und nähert sich unaufhaltsam dem sowjetischen Luftraum.
Um 4 Uhr 51 ist es dann soweit.
Die Maschine dringt bei Kamtschatka in den sowjetischen Luftraum ein.
Was die russische Armee, deren Flugabwehrbereitschaft den Leuchtpunkt an den Radarschirmen mit gerunzelter Stirn verfolgt, bis zu diesem Zeitpunkt nicht für möglich gehalten hätte, geschieht.
Ein unbekanntes Flugzeug dringt in ihr Hoheitsgebiet ein.
Unten am Boden überschlagen sich die Meldungen. Was aber zu tun ist, weiß niemand so recht, denn es ist Nacht und die, die jetzt Entscheidungen treffen sollten, sind nicht zu erreichen.
In den unteren wie in den oberen Rängen werden einige Köpfe rollen, das ist jetzt schon sicher.
Japanische Amateurfunker bemerken zwar die schlagartig ansteigende Aktivität der russischen Streitkräfte, verstehen aber, wegen mangelnder Sprachkenntnisse, nur wenig von dem, was sich da anzubahnen scheint.
Die Panik des Versagens wächst als die Maschine wieder völlig unversehrt und unbehelligt über dem ochotskischen Meer den internationalen Luftraum erreicht.
Russland ist blamiert bis auf die Knochen.
Das unbekannte Flugzeug läßt die gesamte sowjetische Luftabwehr alt und unfähig aussehen.
Aber was geschieht jetzt?
Statt erfolgreich abzudrehen, hält der Eindringling eisern an seinem Kurs fest.
Hochgeschreckte Amateurfunker in Japan vernehmen jetzt die verbissene Stimme von Malakow, Captain der sowjetischen Luftstreitkräfte. „Zwei Piloten sind hoch, unter dem Befehl des Kommandopostens. Wir wissen noch nicht, was da los ist, aber es steuert unsere Insel Sakhalin an, nahe Terpienie. Sieht zwar für mich verdächtig aus, aber unsere Feinde sind doch nicht so dumm. Könnte

es vielleicht eine Maschine von uns sein?"
Vier Minuten später wird im Funkwirrwarr eine Stimme erkannt, und zwar die von General Anatoli Korkow, Kommandeur der Luftbasis von Sokol auf Sakhalin, der sich beim Commander der Luftstreitkräfte des Militärdistrikts für den Fernen Osten vergewissert : „… einfach abschießen? Sogar über internationalen Gewässern? Lautet der Befehl, die Maschine über internationalen Gewässern abzuschießen? Oh?! Zu Befehl."
Was in genau dem Moment (4 Uhr 54) in der Kal 007 vorgeht, kann Jahre später über den wiedergefundenen Voice-Rekorder abgehört werden.
„Hattest du einen Langstreckenflug in letzter Zeit?"
„Ein paarmal."
„Klingt ok. Chefpilot Park hat sie auch manchmal. Aber Chefpilot Lee hat … usw."
Die Sorglosigkeit, mit der im Cockpit des Jumbojets Allerweltsgespräche geführt werden, lässt keinen Zweifel zu. Die Crew im Passagierjet hat keine Ahnung, was sich unter ihr zusammenbraut.
In genau diesem Moment bekommt die russische Bodenkontrollstation den Befehl, die Düsenjäger an die Maschine heranzuführen und sie abzufangen.
Captain Malakow: „Stellen Sie sie! Bringt Kosowitch in die vorgeschriebene Nähe. Passt auf, dass er sich nicht hinter die Maschine setzt. Er soll den Anflugwinkel beibehalten.
Kozkov (Kampfleitstelle Soko Luftbasis auf Sakhalin): „Befehl wird ausgeführt."
Capt. Malakow: „Vergesst nicht. Das Ding hat möglicherweise Heckgeschütze."
Kozkov: „Wird übermittelt. Männer, das Zielobjekt dringt in die Hundert-Kilometer-Zone über dem Wasser ein. Wiliewski!"
Während sich unten am Boden die Ereignisse überschlagen und die Sowjetische Luftabwehr ihre Verteidigungsmaßnahmen in Stellung bringt, scheint es in der Luft weiterhin locker zuzugehen.
Die beiden zivilen Flugzeuge, die Kal 007 und die Kal 015, die ja auf

gleichem Kurs nicht weit voneinander entfernt sein sollen, vergleichen ihre Flugdaten.
Der nachfolgende Jumbojet, die Kal 015 meldet starken Rückenwind und man hört wie der Pilot der Kal 007 sich wundert. „Was, so viel? Sonderbar, wir haben hier starken Gegenwind, 215 Grad, 15 Knoten."
Der Pilot der nachfolgenden Kal 015 wundert sich ebenfalls. „Wie? Laut Flugplan müsste die Windrichtung 360 Grad liegen, 15 Knoten."
Dieser kurze Moment des Hochschaltens wird vertan, dadurch dass die Piloten beider Maschinen wieder in die pure Routine übergehen.
„Ja. Gut. Kann auch sein."
Die Kal 007 mit Gegenwind und die nachfolgende Kal 015 mit Rückenwind … die beiden Maschinen hätten zu diesem Zeitpunkt sehr nahe hintereinander fliegen müssen.
5 Uhr 05. Der Pilot des Kampjets, Major Kosowitch, hat die unbekannte Maschine erreicht. „Zielobjekt auf 240 Grad. Ich habe sie."
Kozkov gibt Meldung an Capt. Malakow. „Zielobjekt erreicht."
Capt. Malakow: „Was ist? Kann er sie sehen? Wie viel Düsenstrahle sind zu erkennen?"
Kozkov: „Bitte wiederholen Sie!"
Capt. Malakow: „Wie viele Düsenstrahle sind zu erkennen? Wenn es vier sind, ist es eine RC-135."
Um diese Zeit reden die Piloten der Kal 007 nichtsahnend über die Koreanischen Geldwechselkurse.
Unten am Boden schaltet sich inzwischen Luftraumüberwacher Leutnant Colonel Titow dazu. „Können Sie das Ziel erkennen, 805? (805 ist die Identifikation von Kosowitchs Düsenjäger Suchoi 15)
Maj. Kosowitch: „Sie ist in Sichtweite und auf dem Schirm."
Lt. Col. Titow: „Ok. Zieleinstellung eingeben!"
Capt. Malakow mischt sich ein: „Domschenko!" (Lt. Commander Domschenko hat zur Zeit das Kommando über das 41. Kampfregiment).
Lt. Com. Domschenko: „Ja?"

Capt. Malakow: „Ja, was? Haben Sie nicht verstanden? Ich sagte, bringen Sie sie auf vier Kilometer heran! Identifizieren Sie diese Maschine! Sie müssen begreifen, dass jetzt Waffeneinsatz bevorsteht! Sie halten sie immer noch auf 10 Kilometer Entfernung. Geben Sie gefälligst die entsprechenden Befehle!"
In diesem Moment bekommt die Radarstation von Wakkanai in Japan die Maschine auf den Schirm. Wakkanai ist jedoch eine Militäranlage, und der unbekannte Blip auf dem Schirm hätte noch mit Narita Tokyo abgeklärt werden können, nur Tokyo hat keine Ahnung von der Koreanischen Maschine die so weit vom Kurs abgekommen ist.
5 Uhr 13. Pilot Maj. Kosowitch: „Ich sehe sie. Zieleinstellung eingegeben."
Was für manch einen von uns normal erscheinen möge, ist in der Luft noch lange nicht der Fall.
In 10.000 Meter Höhe, bei dunkler Nacht, mit verglastem Cockpit, Sauerstoffmaske und beleuchteten Armaturen heißt „draußen sehen" noch lange nicht „erkennen".
Lt. Col. Ttitow gibt die Meldung weiter an Capt. Malakow: „Ja, Sir! Er kann sie sehen. Zieleinstellung eingegeben. Ziel erfasst! Ich wiederhole, Ziel erfasst!"
Währenddessen hat Pilot Maj. Kosowitch versucht die unbekannte Maschine über Funk zu erreichen. Aber vergebens.
Pilot Maj. Kosowitch: „Die Maschine antwortet nicht."
Lt. Col. Titow: „Behält das Zielobjekt Richtung 240 bei?"
Pilot Maj. Kosowitch: „Bestätige, Zielobjekt hält Richtung 240."
Lt. Col. Titow: „Waffensysteme aktivieren."
Pilot Maj. Kosowitch: „Waffensysteme aktiviert."
Unten gibt Capt. Malakow General Kamenski über Funk den Lagebericht durch. Die Maschine ist nur noch 30 Kilometer von der Staatsgrenze entfernt um definitiv in den freien Luftraum zu entwischen.
Aber Kamenski zögert in diesem Moment. „Wir brauchen mehr Einzelheiten! Vielleicht ist es eine Zivilmaschine oder, Gott weiß was …"

10

Malakow ist wütend: „Welche Zivilmaschine? Sie ist über Kamchatka geflogen. Vom Meer herüber. Ohne Identifizierung. Ich habe den Befehl gegeben, sie anzugreifen, sobald sie die Grenze überquert."
Oben in der Luft hat die Kal 007 gerade die Tokyo Air Traffic Controll angefunkt und um Erlaubnis gebeten, auf 35.000 Fuß steigen zu dürfen.
Lt. Col. Titow seinerseits bittet Mischenko um Hilfe. „Mischenko, Kamerad Colonel, hier spricht Titow."
Col. Mischenko (Einsatzzentrale Luftkampf Kontrollzentrum): „Ja?"
Lt. Col. Titow: „Der Commander gab den Befehl, das Ziel zu zerstören sobald die Staatsgrenze verletzt wird."
Mischenko hat schwere Bedenken. „Könnte eine Passagiermaschine sein. Alle Schritte unternehmen um sie zu identifizieren!"
Lt. Col. Titow: „Sind dabei. Aber der Pilot kann sie nicht erkennen. Sie ist dunkel und draußen ist es auch dunkel."
Col. Mischenko: „Dann wäre die Arbeit getan. Wenn da keine Lichter zu sehen sind, ist es auch keine Passagiermaschine."
Die Piloten in der Kal 007 merken, dass ihre Funkverbindung mit Toky sehr schlecht ist.
Draußen nähert sich Pilot Maj. Kosowitch mit seiner Suchoi 15: „Komme jetzt dem Zielobjekt näher. Kann jetzt die blinkenden Positionslichter erkennen. Bin auf 2 Kilometer ran. Zielobjekt auf 10.000 Meter (33.000 Fuß). Wie lauten die Befehle?"
In diesem hochgefährlichen Moment spielt das Schicksal eine weitere ihrer so zahlreichen schwarzen Karten aus und gibt die Maschine zum Abschuss frei.
Die Piloten der Kal 007 setzen nämlich die Erlaubnis von Tokyo Tower um und gehen in den Steigflug, um auf die Höhe von 35.000 Fuß zu gelangen.
Dadurch wird die Maschine schlagartig langsamer.
Der verdutzte russische Pilot schießt an ihr vorbei und hat somit den Eindringling im Rücken. „Ich bin an ihr vorbei. Das Zielobjekt hat die Geschwindigkeit gedrosselt."
Lt. Col. Titow wähnt seinen Piloten in Gefahr: „ Beschleunigen,

805."
Pilot Maj. Kosowitch: „Beschleunige."
Lt. Col. Titow: „Hat Zielobjekt auch beschleunigt?"
Pilot Maj. Kosowitch: „Nein, es ist langsamer geworden."
Lt. Col. Titow: „Feuer eröffnen."
Pilot Maj. Kosowitch ist sich der Gefahr wohl bewusst: „Hätte früher sein können. Wie kann ich den denn angreifen? Jetzt bin ich vorbei."
Lt. Col. Titow: „Verstanden. Versuche, erneut in Angriffsposition zu kommen."
Pilot Maj. Kosowitch: „Ich muss mich zurückfallen lassen um hinter ihn zu kommen."
Capt. Malakow verliert die Nerven: „Grichenko! Mann, hört endlich mit diesem Katz und Maus Spiel auf, verdammt nochmal! Ich sag's noch einmal: Feuert Raketen! Feuert Raketen auf Ziel 60-65."
Grichenko:"Klar doch."
Capt. Malakow: „Dann handelt auch entsprechend! Bring Tarasov hin. Beordere die Mig 23 aus Smirnyhk, code 163, sie ist hinter dem Zielobjekt. Ziel zerstören!"
Grichenko: „Befehl erhalten! Zielobjekt 60-65 mit Rakete zerstören. Erhalten Kontrolle über den Kampfjäger aus Smirnyhk."
Capt. Malakow: "Befehl ausführen! Zielobjekt zerstören! Mein Gott, wie lange dauert das denn, sich in Position zu bringen? Sie wird gleich auf neutrales Gebiet kommen! Schaltet die Nachbrenner hinzu! Setzt die Mig 23 ein! Während ihr da Zeit verplempert, wird sie uns entwischen."
Lt. Col. Titow: „805, versuche sie mit den Bordkanonen abzuschießen."
Erneut wechselt in diesem Moment die Kal 007 die Geschwindigkeit und wird wieder schneller. „Radio Tokyo, hier Kal 007. Haben die vorgeschriebene Höhe erreicht, 35.000 Fuß."
Pilot Maj. Kosowitch: „Ich falle zurück. Ich versuche eine Rakete."
Lt. Col. Titow: „Verstanden."
Pilot der Mig 23 aus Smirnyhk: „Zwölf Kilometer bis zum Ziel. Sehe beide." (Kosowitch und die fremde Maschine).
Aber es dauert. Kosowitch ist ebenfalls 8 Kilometer entfernt.

12

Jetzt ist auch Titow genervt: „Nachbrenner! NACHBRENNER, 805!"
Pilot Maj. Kosowitch: „Hab' ich schon."
Lt. Col. Titow: „Feuer!"
Pilot Maj. Kosowitch: „Rakete abgefeuert."
Die abgefeuerte Rakete bohrt sich nicht, wie vielfach in den Medien dramatisch dargestellt, in die Düsentriebwerke und reißt die Passagiermaschine auseinander, womit den Passagieren ein schneller und gnädiger Tod beschert worden wäre.
Nein. Es kommt härter.
Die Luft-Luft-Rakete ist eine AA3-Anab (für die Sowjets eine Kaliningrad-8), bestückt mit einem Annäherungszünder.
Sie explodiert hinter dem Flugzeug in unmittelbarer Nähe.
Bei der späteren Anhörung des Voice-Rekorders, ist die Explosion gedämpft im Cockpit zu hören.
Tragischerweise unterschätzen die Piloten dieses Geräusch.
Flugkapitän: „Was war das?"
Copilot: „Was?"
Flugkapitän: „Bremsklappen?"
Copilot: „Triebwerke normal."
Flugkapitän: „Landefahrwerk?"
Der Kabinendruckalarm ertönt im Cockpit.
Flugkapitän: „Wir steigen weiter. Wir steigen weiter. Automatische Bremsklappe wird ausgefahren." Die Aufzeichnungen des Flugdatenschreibers werden später zeigen, dass das Flugzeug das nicht mehr geschafft hat.
Die Crew erkennt mit Schrecken, dass das Steigen der Maschine nicht zu stoppen ist. Der Autopilot wird abgeschaltet und die Piloten versuchen es manuell.
Dieweil ist im Passagierraum immer wieder zu hören: "Achtung. Notfall-Sinkflug. (Emergency descent) Setzen Sie Ihre Sauerstoffmasken auf und passen Sie sie an."
Flugkapitän: „Was ist mit der Leistungskompression?"
Die Piloten der Kal 007 setzen jetzt ebenfalls ihre Sauerstoffmasken auf und versuchen Tokyo über Funk zu erreichen. Die Tatsache, dass

keinerlei Notruf ausgesendet wurde, verdeutlicht, dass die Crew der Kal 007 keinerlei Ahnung hatte, dass sie unter Raketenbeschuss stand.
Flugkapitän: „Schneller Druckabfall. Wir gehen runter auf 10.000 Fuß."
Die Piloten schaffen es noch einmal, die Maschine zu stabilisieren und der Flugingenieur versucht, die Geschwindigkeit zu halten … hier enden die Daten des Flugschreibers.

Tokyo ruft die Maschine vergeblich. Die japanische Militär Radarstation Wakkanai sieht die Maschine zum letzten Mal auf 16.424 Fuß (5000 Meter) bis über die Insel Moneron.
Aber auch die russischen Piloten haben ihrerseits die Maschine verloren.
Sie suchen indes verzweifelt, sie wieder zu Gesicht zu bekommen, vergeblich.
Aufgenommene Funksprüche ergeben, dass die Sowjetischen Radarstationen die Kal 007 in einer steilen Abwärtsspirale über Moneron herabgehen sehen.

Die letzte Sicht wird von der Komsomolsk-na-Amure Radar Station überbracht, die die Maschine in 1000 Meter Höhe über Moneron verliert.

Ab diesem Moment vervielfältigen sich die Funksprüche drastisch, und zwar in der ganzen Welt. Der russischen Luftwaffe wird langsam klar, dass sie soeben eine harmlose Zivilmaschine abgeschossen haben.
Keiner der 269 Insassen wurde je wieder gesehen.

Hier beginnt meine Geschichte

Der Autor

14

1. Kapitel Moskau, der Arbat.
   Donnerstag, 11. September 2003.

Russland ist schön.
Schön und gewaltig. Dessen sind und waren sich die Russen immer noch bewusst.
Dirk Krüger liebte diese pompösen Bauten, die an vergangene große Zeiten erinnerten.
Er war zum ersten Mal hier in der Sowjetunion, inmitten einer Gruppe schaulustiger deutscher Touristen, die einen verbilligten Dreiwochentrip gebucht hatten.
Über Sankt Petersburg, mit Besichtigung der Eremitage und Schloss Peterhof, waren sie nach Moskau gereist um die größten Sehenswürdigkeiten zu besichtigen, die Russland zu bieten hatte, den Kreml, den Roten Platz, das Lenin-Mausoleum, die Basilius-Kathedrale ... danach Kaliningrad und wieder zurück nach Moskau um, nach Belieben, noch etwas vom Stadtleben mitzubekommen.
Darüber hinaus blieb noch genug Zeit, kleine Rundgänge privater Natur zu machen, Geschäfte anzuschauen, Souvenirs einzukaufen und dergleichen.
Besonders wegen dem Arbat, der Einkaufsstraße, verzichtete Dirk teilweise auf andere Rundfahrten.
Die Geschäfte hier hatten es ihm besonders angetan.
Vom Arbatskaja-Platz aus schlenderte er gemächlich am Praga-Restaurant vorbei (viel zu teuer für seine schmale Geldbörse), vorbei am Wartangowtheater, schaute sich bewundernd den Turandot-Springbrunnen an und stieß verächtlich die Luft aus, als er die Zoi-Mauer sah. Die Rockband „Kino" mag ja 1990 Kult gewesen sein, aber die Mauer, mit ihren Graffitis erinnerte ihn doch zu stark an die meisten Hinterwände, Brücken und alte Gebäude Deutschlands, die mit Parolen und unsinnigen Slogans übersät sind. Aber seine Freude war ungetrübt als er an den Geschäftshäusern entlangschlenderte, am Alexander Puschkin-Haus vorbei (übrigens sehr schön, das Denkmal von Puschkin

und seiner Frau Gontscharowa vor dem Haus), bis zum Smolenskaja-Platz. In der Novyi Arbat gab es jede Menge Angebote, Geschenke, Ideen und dergleichen.
Seine Kinder würden sich freuen.
So schlenderte er denn allein durch die Novyi Arbat im Zentrum Moskaus westlich des Kremls, seinen Gedanken nachhängend.
Er nahm sich vor, er würde noch öfters durch die Sowjetunion reisen. Das konnte man alles nicht in ein paar Stunden genießen.
Allein das prachtvolle Warenhaus Gum am Roten Platz, dafür würde man gut drei volle Tage brauchen.
Dirk lächelte.
Hätte er doch ein paar Rubel mehr in die Tasche gesteckt!
Es war empfindlich kalt draußen und die Bürgersteige waren mit Mühe und Not vom Schnee freigemacht worden.
Dirk musste für sich grinsen. Vom Schnee freigemacht worden … das war wohl etwas Anderes als bei ihm zuhause in der Eifel.
Hier in Russland lag der Schnee auf dem „freigemachten" Bürgersteig noch zwei Zentimeter dick und knirschte unter den Füßen. Nur an manchen Stellen, vor den Schaufenstern vermochte man den Bürgersteig unter dem Schneematsch zu erkennen. Von Salz konnte keine Rede sein.
Ooh! Schneekugeln. Dirk bekam einen leichten schmerzhaften Stich ins Herz als er vor Medredow am Schaufenster stand.
Seine verstorbene Frau hatte Schneekugeln immer wahnsinnig gerne gemocht. Ja, sie hatte eine kleine Sammlung davon gehabt, zehn oder elf Stück.
Sorgsam hatte sie ihre Schätze auf einem kleinen Regal im Schlafzimmer aufbewahrt, sie manchmal in die Hand genommen und geschüttelt.
Nach ihrem Tod hatte er sie gehütet wie unbezahlbare Schätze. Manchmal zeigte er sie seinen Kindern, wenn es ihm wieder mal recht schwer ums Herz wurde. „So war eure Mam innendrin, fröhlich wie ein Wirbelwind und lustig wie ein

kleines Schneegestöber."
Der tragische Unfall am Himmel hatte sie für immer aus seinem Leben gerissen und eine nie heilende Wunde zurückgelassen.
Aber genug der düsteren Stimmung! Dirk hatte sich auf diese Reise gefreut.
Er nickte anerkennend, als er die Auslagen in dem kleinen Schaufenster betrachtete.
Die Russen können mit Holz umgehen, dachte er, gar keine Frage. Kunstvoll gemalte Matrioschkas, heldenhaft militärisch aussehende Nussknacker, handgeschnitzte Schachspiele, kleine Holzpuppen, die hinter dem Glas ihre kleinen klobigen Holzhände nach ihm ausstreckten und ihn anbettelten: „Nimm mich mit, bitte, bitte, ich bin günstig zu haben."
„Izvinite. Ya mogu proyti?" bat eine Frauenstimme links neben ihm. Dirk trat etwas zur Seite und nickte freundlich.
Eine junge Frau wollte mit ihrem Kinderwagen vorbei, da zwischen dem aufgetürmten Schnee nicht genug Platz war.
„Pozhaluysta!" lächelte Dirk.
Ein älterer Herr hinter ihm machte ebenfalls Platz.
Da ging die Ladentür vom Geschäft auf und zwei gutaussehende Frauen in schwarzen teuren Pelzmänteln traten lachend heraus und blieben vor der Tür stehen.
Dirk erschrak ein wenig und bekam einen schmerzhaften Stich ins Herz.
Die sieht meiner Sonja ziemlich ähnlich, dachte er wehmütig. Nur, dass sie unverkennbar eine Russin war, wie er an ihrer fröhlichen Sprache unschwer feststellen konnte.
Sie raschelte mit der Tüte, als sie hineingriff und ihrer Bekannten nochmal das zeigte was sie sich eben gekauft hatte.
Eine Schneekugel!
Dirk neigte den Kopf etwas zur Seite. Das ist aber jetzt zu viel des Guten, dachte er noch und musste schlucken. Eine Schneekugel, und dasselbe begeisterte Leuchten in ihren Augen.
„Ooh ! Thakak vash muz budet schastliv" (Da wird dein Mann sich aber freuen!)sagte ihre Freundin zu ihr und die Frau mit

der Schneekugel lachte glockenhell auf. Aber dann zog sie ihre Stimme beim Lachen zurück, so wie es ganz kleine Kinder tun.
Dirk wurde leichenblass und riss die Augen auf. „S ... Sonja !?!!"
Die Frau blickte befremdet hoch und fragte ihre Freundin etwas auf Russisch, das Dirk nicht verstand.
„Sonja ... d ... das ist doch nicht möglich!?" stammelte Dirk und die Tränen schossen ihm in die Augen.
Die Frau blickte ihn kurz an wie einen Fremden und packte schnell ihre Schneekugel zurück in die Plastiktasche. Dann wandten sich die beiden Frauen schnell nach links und strebten einem schwarzen Wagen zu, der mit laufendem Motor am Straßenrand wartete. Der Wagen trug einen roten Stern an den Seitentüren und davor stand ein Militärchauffeur in Uniform und dickem grauen Mantel mit roten Epauletten.
Als die beiden Frauen sich dem Wagen zuwandten, öffnete er sofort die hintere Wagentür um sie einsteigen zu lassen.
„Sonja ... bitte, warte ... geh nicht weg ..." Dirk krächzte. Er bekam fast keine Luft mehr.
Er wollte ihr verzweifelt nach, aber die Schuhe, die er trug, waren für diese Jahreszeit völlig ungeeignet. Er rutschte aus und fiel der Länge nach auf den Bürgersteig. Beim Fallen schlug er sich die Knie auf.
„Sonja ... warte ..."
Der Fahrer hatte die Wagentür schon zugeschlagen und begab sich zur Fahrerseite. Aber dann schaute er auf und blickte Dirk einen kurzen Moment nachdenklich an.
Dirk lag im Schnee und hatte sich verletzt. Verzweifelt streckte er seine Hand nach dem Wagen aus.
„Sonja ... ich bin´s ..."
Der Soldat zog sein Funkgerät aus der inneren Manteltasche hervor und gab ein paar kurze Informationen durch. Dann stieg er ein.
Der Wagen verschwand im Verkehr der Straßen Moskaus.
Dirk lag auf dem Boden und vergrub weinend das Gesicht in die Hände. Er hatte keine Chance gehabt, das Nummernschild

zu erkennen.
Zwei Minuten später hörte er die sich schnell nähernde Sirene eines Krankenwagens. Hilfsbereite Passanten versuchten ihm aufzuhelfen und redeten beruhigend auf ihn ein. „Eto ne Tak uzh i plokho" (Es ist bestimmt nicht so schlimm), sagte der ältere Herr, der eben mit ihm die Frau mit dem Kinderwagen vorbeigelassen hatte.
Dirk verstand kein Russisch.
Der Schnee unter seinen Knien hatte sich rot gefärbt.

20

2. Kapitel Moskau. Ein schmuckes Reihenhaus auf dem Yauszky Boulevard. 11.September 2003.

Jurij Fjodorowitsch Atanov, Generaloberst der sowjetischen Landstreitkräfte, ging an diesem Abend zu Fuß nachhause. Er hatte auf die Militärlimousine verzichtet weil er ein integrer Mann war.
Selbstverständlich hätte er sich fahren lassen können, denn sie stand ihm zu, aber seine Frau war heute einkaufen gegangen und er hatte sie ihr zur Verfügung gestellt.
Auch das stand ihm zu.
Aber er wollte nicht übermäßig von den Vergünstigungen, die sein militärischer Rang mit sich brachte, profitieren.
Eine Limousine musste für seine Bedürfnisse genügen. So hatte er´s immer gehalten.
Zwei Jahre war er jetzt aus Afghanistan zurück. Hochdekoriert, war er letztes Jahr zum Generaloberst befördert worden und brauchte keine Auslandseinsätze mehr zu machen. Im Moment erfüllte er strategische Beraterfunktionen in der Moskauer Stabszentrale.
Das war auch gut so, denn er mochte Carlowa, seine Frau, nicht mehr alleinlassen. Sie waren seit 12 Jahren verheiratet und glücklich miteinander.
Sie würden sich von nun an mehr Ferien gönnen. Ja, vielleicht würden sie ja mit seinem ehemaligen Kampfgefährten Dimitrij Baranow und dessen Frau Xenja zusammen in Urlaub fahren.
Dimitrij war am selben Tag wie er zum Generalmajor befördert worden und Xenja war Carlowas beste Freundin.
Jurij freute sich darauf.
Als er im Flur seinen schweren Mantel ablegte, hörte er die beiden Frauen schon im Wohnzimmer miteinander reden.
Jurij schmunzelte.
Natürlich hatten die beiden wieder eingekauft.

Er wusste auch was, denn er kannte den Geschmack seiner Frau: Schneekugeln.
„Hallo Schatz, hallo Xenja! Oh, ihr beide seid wieder fündig geworden?" Mit dem ersten Blick hatte er die eben ausgepackte Schneekugel entdeckt, die da auf dem Wohnzimmertisch stand.
Aber statt dass, wie sonst immer, ein fröhliches Erzählen begann, wie ihr Tag verlaufen war, lächelte Carlowa ihm nur einmal kurz zu und fing dann an, das Papier wegzuräumen.
„Unser Tag war nicht schlecht," antwortete Xenja an ihrer Stelle, „ … bis auf den Mann heute Abend.
„Den Mann? Welchen Mann?" Jurijs Gesicht verdüsterte sich leicht.
„Carlowa hatte die Schneekugel bei Medredow gesehen, vor zwei Tagen schon. Das ließ ihr keine Ruhe. Wir waren heute hin und haben sie gekauft. Carlowa hat sich furchtbar gefreut. Als wir dann aus dem Geschäft rauskamen, war da dieser Ausländer … ein komischer Typ … er erschrak, als er uns sah. Er hat Carlowa angesehen wie einen Geist und ist ganz blass geworden. Er hat etwas zu ihr gesagt, wir haben´s nicht verstanden und sind zum Auto gegangen. Er wollte uns nachkommen, ist aber hingefallen … ich glaube er war verletzt. Pjotr hat den Krankenwagen gerufen, er kam nicht mehr hoch. Dann sind wir weg. Carlowa ist etwas verstört, glaube ich. Sie weiß nicht, was sie davon halten soll …"
„Ein Betrunkener, wahrscheinlich."
Xenja wiegte leicht den Kopf. „Für uns sah er nicht aus, als ob er betrunken gewesen wäre. Er hat auch immer einen Namen gerufen … Sonja, hat er immer zu Carlowa gesagt."
„Der Mann hat wahrscheinlich fantasiert," sagte Jurij leichthin, „aber ich werde das mal gleich klarstellen."
Er ging hinüber zum Telefon und wählte die Fahrerbereitschaft der Stabslimousinen. „Jurij Atanow. Pjotr soll noch mal herkommen! Da ist etwas vorgefallen, das ich geklärt haben möchte."
Dieweil kam Carlowa aus der Küche zurück. Sie bekam mit, wie ihr Mann den Fahrer zurückbeorderte.

23

„Du musst dir keine Sorgen machen, Jurij, das war gar nichts …"
„Er hätte dich Sonja genannt, sagt Xenja. Kannst du dir darauf einen Reim machen?"
Carlowa schüttelte entschieden den Kopf. „Das hab' ich auch gehört, aber ich kenne keine Sonja. Das sagt mir gar nichts."
„Na gut. Das war dann wohl nichts. Pjotr wird mir noch Rede und Antwort stehen, und dann vergessen wir das Ganze."
Carlowa nickte und ließ sich von ihm in den Arm nehmen. „Vergessen wir das Ganze. Es ist nichts."
Fünf Minuten später klingelte es an der Haustür.
Pjotr war da.
Atanow ging mit ihm in sein Büro.
„Was war heute Abend?"
Pjotr Koroljow, der Armeefahrer, stand stramm, die Chauffeursmütze in der Hand. „Ein Unfall auf dem Bürgersteig vor Medredew, Generaloberst, ich habe einen Krankenwagen gerufen."
„Ist mir bekannt. Ich möchte Einzelheiten erfahren. Wie ich hörte, hat dieser Mann meine Frau angesprochen …"
„Das entspricht den Tatsachen, Generaloberst."
„Ja, und? Reden Sie, Mann!" Jurij wirkte gereizt.
„Ich kann nur Vermutungen äußern, Generaloberst. Es hat ausgesehen, als würde er Ihre Frau kennen, muss sie aber mit einer anderen Person verwechselt haben. Da war auch keine Gefahr oder Bedrohung in seinem Benehmen zu erkennen. Ich sah nur, dass er sehr erschrocken war. Dann ist er unglücklich hingefallen. Das war's auch schon. Mit Sicherheit eine Verwechslung, würd' ich sagen. Der Mann war Ausländer. Er redete Deutsch."
„Gut. Stellen Sie mir noch fest, welches Krankenhaus heute Abend Dienst hat! Dann war's das."
„Sofort, Generaloberst." Pjotr machte kehrt und ging zum Wagen hinaus um Funkverbindung aufzunehmen.
Jurij Atanow blieb allein zurück.
Eine Verwechslung kann ja immer mal vorkommen, oder etwa

nicht? Er wiegte den Kopf hin und her.
Irgendetwas behagte ihm nicht bei der ganzen Geschichte.
Er wusste nur nicht, was.
Aber er war ein guter Menschenkenner und seine akribische Sorgfalt hatte ihn im Laufe seiner Karriere schon mehrmals vor schweren Fehlern bewahrt.
Verwechslungen gab es immer … gut, gut … aber wieso hörte er nun auf einmal in seinem Innern in weiter Ferne die Alarmsirenen aufheulen?
Jurij erhob sich und ging ins Wohnzimmer. „Carlowa, Xenja, ich muss noch eine Kleinigkeit in meinem Büro erledigen. Lasst euch nicht stören, in einer Viertelstunde bin ich wieder für euch da."
„Arbeite nicht zuviel, moi dorogoj," lächelte Carlowa.
Ihr feines warmes Lächeln berührte ihn immer wieder. Wie sie konnte keine lächeln. Nicht auf dieser Welt.
Gott, wie er diese Frau liebte!
Jurij schloss leise die Tür.
Er löschte das Licht in seinem Büro und saß im Dunkeln.
So, dachte er, jetzt mal nüchtern und in aller Ruhe: Was stört mich an dieser ganzen Sache?
Ein Mann erschrickt in dem Moment wo er Carlowa sieht. Sonderbar. Eine Verwechslung läuft eigentlich nicht so ab. Man erkennt jemanden, man geht auf ihn zu, begrüßt ihn, wundert sich … aber man erschrickt nicht.
Wann ist man erschrocken? Wenn man jemanden trifft, den man ganz woanders vermutet oder erwarten würde?
Jurij versuchte, sich in diese Lage zu versetzen. Er spielte in Gedanken ein paar Szenarien durch, mit Freunden, Bekannten, Vorgesetzten, Untergebenen … kam aber immer zum gleichen Ergebnis: Er, Jurij, würde nicht erschrecken. Weder bei einem Wiedersehen noch bei einer Verwechslung. Auf keinem Platz dieser Welt.
Wie hatte Xenja sich ausgedrückt? < … er erschrak, als er uns gesehen hat …er hat Carlowa angesehen wie einen Geist und ist ganz blass geworden … > ja, das waren ihre Worte gewesen.

Teufel! An sowas hatte er jetzt nicht gedacht. … einen Geist … wie etwa jemand, der verstorben ist … und der dann eines Tages plötzlich wieder vor dir steht … ja, da würde er auch einen Schreck kriegen.
War der Mann betrunken? Mmh … schwer zu sagen. Eigentlich sah es ja nicht so aus, denn sonst hätte Pjotr ihn wohl einfach liegenlassen und nicht über die Einsatzzentrale einen Krankenwagen gerufen…
In diesem Moment klingelte das Telefon auf seinem Schreibtisch. „Atanow."
„Pjotr hier, Generaloberst. Das diensthabende Krankenhaus ist das städtisch klinische S.P. Botkin Krankenhaus. Der Mann, der eingeliefert wurde, heißt Dirk Krüger, ist deutscher Staatsbürger und wird gerade verarztet ..."
„Gut. Kommen Sie sofort her! Und fahren Sie mich hin! Schnell!"
„Sofort, Generaloberst."
Brauchbarer Mann, dieser Pjotr. Denkt weiter als seine Nasenspitze.
Jurij ging nochmal ins Wohnzimmer.
„Carlowa, Xenja, ich muss nochmal los. Kann eine Stunde dauern, bis ich wieder zurück bin."
Carlowa schaute ihn mit ihren hübschen Augen sorgenvoll an. „Ist etwas vorgefallen, Liebling?"
„Nein. Neinnein. Dein Vorfall hat mich nur etwas berührt. Ich habe feststellen lassen, wer der Mann ist und ich will wissen ob ´s ihm gutgeht."
Seine Frau schaute ihn ernst an, sagte aber nichts. Jurij merkte auch so, dass sie ihn durchschaut hatte.
„Du machst dir Sorgen wegen ihr?" fragte Xenja. Auch sie hatte feine Antennen für Probleme.
„So ist es. Ihr braucht euch aber keine Gedanken zu machen. Mein Besuch wird nur kurz sein."
Carlowa nickte.
Inzwischen war Pjotr vorgefahren und wartete mit laufendem Motor.

26

Obwohl er zügig losfuhr, verlangte Jurij „schneller, Mann! Gib Gas!"
Aber, im Ernst, was wollte er eigentlich im Krankenhaus?
Der Mann würde ihn nicht mal erkennen.
Pjotr fuhr schnell und sicher.
„Wieso wissen Sie, dass der Mann Deutsch geredet hat?"
„Meine Mutter war Deutsche, Generaloberst," sagte Pjotr.

3. Kapitel. Städtisch klinisches Krankenhaus Sergej Petrowitsch Botkin, Botkinski 2nd, Nebenstraße 5, Moskau 11. September 2003

Im Botkin Krankenhaus lag Dirk Krüger frisch verbunden auf einer Behandlungspritsche in einem der Bereitschaftsräume.
Es ging ihm etwas besser.
Der diensthabende Arzt begutachtete soeben die Röntgenaufnahmen seiner Kniegelenke.
Er sprach Deutsch, wenn auch etwas holprig, aber immerhin … Dirk war dankbar, ihn zu verstehen.
„Nicht gebrochen, ′err Krüger … links … rechts … nicht gebrochen. Sie ′aben Glück ge′abt. Wunde Ok. Bitte … einmal pro Tag … frisch. Sie versuchen … ge′en, Ok?"
Er erhob sich und bat zwei Krankenschwestern in den Behandlungsraum, die ihm aufhalfen.
Dirk versuchte es.
Es schmerzte zwar, aber es ging. Er spürte, dass der Schmerz nur oberflächlich war.
Obwohl er gehen konnte, hielten ihn die Krankenschwestern noch immer fest.
„Geht?" fragte der Arzt.
„Ja, ziemlich gut, Danke," sagte Dirk, „wie sieht′s mit der Rechnung aus. Bezahlen?"
Da der Arzt nicht verstand, rieb er Daumen gegen Zeigefinger.
Der Arzt zuckte nur die Schultern. In Russland sind die Krankenhäuser immer noch staatlich.
Dirk nickte für sich. Da könnten sich die in Deutschland auch mal ein Stück davon abschneiden.
In dem Moment klopfte es an die Tür.
Eine junge Krankenschwester lugte herein und fragte den Arzt etwas auf Russisch.
Dirk verstand zwar nicht, was sie sagte, hörte aber deutlich den Namen „Krüger" aus ihrem Satz heraus.

Der Arzt nickte kurz und erhob sich. „Bitte … warten einen Moment … Besuch für Sie," sagte er zu Dirk und nahm die Krankenschwestern mit hinaus.
An seiner Stelle betrat ein ranghoher Offizier in dunkelgrünem Armeemantel den Behandlungsraum. Drei goldene Sterne blitzten auf den roten Epauletten und seine graue Fellmütze trug einen roten Stern.
„Guten Abend. Ich bin Generaloberst Jurij Atanow. Sie sind Herr Dirk Krüger?"
Dirk hob verwundert die Augenbrauen.
„Ja, der bin ich … und Sie …" er blickte ihm geradewegs in die Augen „ …Sie sind Sonjas Mann."
Jurijs Gedanken überschlugen sich … er versuchte blitzschnell, Krügers Gedankengängen zu folgen … Militärlimousine vor Medredow, Armeefahrer, Feststellen des diensthabenden Krankenhauses, Feststellen von Krügers Namen – eine glasklare Schlussfolgerung … in der Tat ... dieser Mann hier war alles andere als betrunken.
Im Gegenteil!
Jurij atmete einmal durch und verfiel in den knappen Militärstil.
„Meine Frau heißt Carlowa, Herr Krüger. Carlowa Alexandrowa mit Mädchennamen. Sie wurde in Gornozavodsk geboren, am 8. August 1958."
Dirk schüttelte leicht den Kopf. „Ihre Frau … Sonja Hartmann ... wurde am 8. August 1956 in Gillenfeld in Deutschland geboren. Wir heirateten am 1. Mai 1977. Sie hat 2 Kinder und wurde am 1. September 1983 von euch Scheißrussen über der Insel Sakhalin vom Himmel geschossen."
Krüger hatte dies ohne Hass oder sonstige Gefühlsregung ausgesprochen.
Atanow hob verwundert die Augenbrauen und wusste im ersten Augenblick nicht, was er sagen sollte.
Aber ja doch!
Dieser Mann hier war sichtlich vom Schmerz überwältigt.
Er hatte den Tod seiner Frau nie überwunden und glaubte

felsenfest, er hätte heute in Carlowa seine verstorbene Frau wiedererkannt.
Jurij nickte mitfühlend. „Es tut mir sehr leid für Sie und Ihre Frau, Herr Krüger. Es muss ungeheuer schmerzhaft für Sie gewesen sein. Ich … weiß auch, was am 1. September 1983 über Kamtschatka passiert ist. Das hat Ihren Schmerz um ein Vielfaches verschlimmert. Ich kann Sie verstehen. Es … tut mir sehr leid."
Atanow sah, wie Krüger traurig den Kopf senkte.
Seine Worte hatten gewirkt. Dieser Mann war gebrochen.
Das war's dann. Er wandte sich um, um zu gehen.
„Leidet Sonja immer noch an kalten Füßen?" fragte Krüger leise hinter ihm.
Atanow blieb stocksteif stehen.
Krüger hatte zurückgeschossen.
Atanows Augen flackerten. Er wagte nicht, sich umzudrehen.
„Viele Frauen leiden an kalten Füßen, Herr Krüger," sagte er leise und schloss einen Moment die Augen.
Dann drehte er sich langsam um.
Sich davonzuschleichen, das war nicht seine Art.
„Ich liebe meine Frau, Herr Krüger. Mehr als alles andere auf dieser Welt. Ich werde weder Lüge noch Geheimnis zwischen ihr und mir zulassen. Dürfte ich Sie bitten, mit mir nachhause zu fahren, damit Sie Carlowa begrüßen können? Ich bin sicher, Sie irren sich."
Jetzt war es Krüger, der erschrak.
„Mit Ihnen … ?! Oh, Gott! Sehen Sie mich an! Nass, verschmutzt, verbunden … Ich kann Sonja … nach 20 Jahren … nicht so gegenübertreten!"
Atanow hob verwundert die Augenbrauen. „Legen Sie wirklich auf solche Nebensächlichkeiten Wert?"
Krüger kam mit dem Gesicht ganz nah.
„Herr Atanow! Sonja nach 20 Jahren wiederzusehen !! … Ein gemeinsames Treffen mit dem russischen Parteichef und dem amerikanischen Präsidenten, vor der gesamten Weltpresse, ist ein Scheißdreck dagegen."

Jetzt war es aber an Atanow, das Geschütz abzufeuern.
Leicht gereizt hob er die Stimme. „Carlowa hat mir versichert, dass sie sich weder an Sie noch an eine Sonja erinnern kann!"
„Was erwarten Sie denn von einer 26-jährigen Frau die aus 10.000 Metern in einem Flugzeug abgeschossen wird und bei Temperaturen unter 0 Grad ins eiskalte Meer klatscht?" schrie Krüger zurück. „Ich bin eine Null in Geographie, mein Freund, aber verraten Sie mir mal, wo dieses Gorgonzola liegt, wo sie geboren sein soll!"
Atanow erschrak und wurde blass.
Gornozavodsk lag, in der Tat, südwestlich, nicht sehr weit von Yuzhno-Sakhalinsk entfernt am japanischen Meer.
„Ich war … selbst noch nicht dort," gab er zu, „ich habe Carlowa in Aniva kennengelernt, Herr Krüger…" Atanow brauchte einen Moment und überlegte fieberhaft. Dann traf er seine Entscheidung „ … werden Sie meiner Frau wehtun, wenn Sie sie sehen?"
„Nie im Leben! Ich fürchte, in Sachen Liebe, werden Sie dazulernen müssen."
Atanow nickte. Es würde sich noch zeigen, wer hier wem etwas in Sachen Liebe beibringen würde.
„Mein Fahrer wird Sie zu Ihrem Hotel bringen, wo Sie sich umziehen können. Er wird auf Sie warten und Sie zu uns nachhause bringen. Ich erwarte Sie um 20Uhr30 bei uns zuhause."
Grußlos verschwand er.
Dirks Gedanken überschlugen sich.
Auf ein Wiedersehen mit Sonja, nach so langer Zeit, war er nie und nimmer vorbereitet. Er würde sich umziehen müssen, rasieren … Gott, seine Reisekleidung war in erbarmungswürdigem Zustand. Was würde er ihr sagen?
Und vor allem … wie würde sie es aufnehmen?
Er selbst hatte gegenüber Atanow den Mund ziemlich vollgenommen, indem er versicherte, er würde ihr nicht wehtun.
Aber war das überhaupt möglich?

Das konnte doch nicht gutgehen.
Aber halt!
Dirk hielt einen Moment inne. Auf sein Gesicht stahl sich ein leichtes Grinsen.
Hatte er da nicht eine zündende Idee?
Es klopfte kurz an die Tür. Der Armeefahrer, den er vorhin auf der Straße gesehen hatte als er hingefallen war, trat ein. „Guten Abend, Herr Krüger, ich habe Anweisung, Ihnen heute Abend zur Verfügung zu stehen." Pjotr redete perfekt Deutsch.
„Sehr gut, mein Lieber. Fahren Sie mich doch bitte zu Medredow … oder nein, ins Kaufhaus Gum, am Roten Platz."

4. Kapitel. Moskau, Yauszky Boulevard. 11. September 2003.

„So, hier bin ich wieder."
Lächelnd betrat Jurij das Wohnzimmer.
Oh, nein! Dimitrij Baranow war ebenfalls gekommen.
Er wollte wohl seine Frau Xenja abholen.
Ausgerechnet Dimitrij, sein langjähriger Freund und Kampfgefährte, mit seiner überlauten Stimme, seiner polternden Art und seinen derben Witzen, manchmal weit unter der Gürtellinie.
Der passte nun wirklich heute Abend hierher wie der Stiefel in den Hintern.
„Ich hörte, Carlowa lässt sich scheiden! Sie hat einen neuen Verehrer, der vor ihr auf die Knie fiel. Wuahaa!" Dimitrij lachte dröhnend. „Du kannst bei mir zuhause wohnen, wenn sie dich rausgeschmissen hat. Wir sind doch schließlich Freunde!"
„Dimitrij," bat Atanow, doch der war anscheinend nicht zu bremsen. „Wo steckt der Kerl, damit wir ihn verknüppeln können. Ich sag' unserer Einheit Bescheid, wir kommen zu 25. Willst du Kalaschnikows oder Gummiknüppel? Dem zeigen wir's, dass er glaubt, eine vollbeladene Antonov hätte ihn überfahren."
Wieder lachte er, dass die Bude wackelte.
Carlowa lachte glockenhell. Sie mochte Baranow, weil er der geborene Stimmungsmacher war.
„Das kannst du ihm gleich selbst sagen, er kommt heute Abend hierher," sagte Jurij dazwischen.
Carlowa und Xenja blickten erschrocken hoch.
Wenn Dimitrij auch sonst der große Stimmungsmacher war, im Ernstfall konnte er blitzschnell umschalten. Er war nicht umsonst Generalmajor der sowjetischen Landstreitkräfte.

Bums, war sein Lachen wie weggewischt.
„Bist du noch bei Trost, Jurij?" fragte er leise. „Der macht deine Frau an und du ladest ihn zu euch nachhause ein? Wieso?"
Jurij zuckte mit den Schultern. „Ich weiß es nicht."
„Was ist das überhaupt für ein Kerl?"
„Der Mann heißt Dirk Krüger, kommt aus Deutschland. Ich war bei ihm im Krankenhaus … er ist verletzt. Ich … hab's einfach getan."
„Aber warum, Jurij? Was tut er hier?" fragte Carlowa besorgt. Ihr sorgenvoller Blick tat ihm weh.
„Krüger … wollte dich begrüßen. Da hab' ich ihn auf einen kurzen Besuch eingeladen. Er … ist ein besonderer Mann."
„Also ich weiß nicht, wie ihr das seht," dröhnte Dimitrij dazwischen, „aber ich bin gespannt auf ihn. Das verspricht noch ein sehr interessanter Abend zu werden. Bei dir und Carlowa ist doch immer was los."
„Was sollen wir ihm anbieten? Was trinkt so ein Deutscher überhaupt?"
„Egal," sagte Jurij, „wir machen eine gute Flasche Wodka auf. Deutsche sind sehr trinkfest."
„Und ich werde aufpassen, dass er dich nicht unter den Tisch trinkt und mit Carlowa auf und davon geht. Denn dann kriegt er von mir eins übergebraten, dass er die Glocken in St. Petersburg hört." Dimitrij lachte, dass die Bude wackelte.
„Jetzt hör aber auf, Dimitrij." Carlowa lachte und gab ihm einen Klaps auf den Arm.
In diesem Moment klingelte es an der Haustür.
„Ich geh' aufmachen," sagte Jurij und begab sich in den Flur. Was tue ich bloß hier? fragte er sich in dem Moment. Aber für eine Kehrtwendung war es zu spät … viel zu spät.
Jurij öffnete die Tür.
Oh! Da stand nicht mehr der Krüger, der im Krankenhaus zerzaust und zerrissen mit verbundenen Knien vor ihm gestanden hatte. Nein, der hier trug einen perfekt sitzenden schwarzen Anzug, mit weißem Hemd und dunkelblauer Krawatte, dazu einen dunkelgrauen englischen Mantel. Sein

Haar war streng, fast militärisch gescheitelt und sein Gesicht glatt rasiert. Die Verbände um seine Knie waren kaum noch unter dem schwarzen Anzug zu erkennen.
Aber das war noch nicht alles.
In der rechten Hand trug er einen teuren geschmackvoll gebundenen Blumenstrauß und in der linken hatte er ein Geschenkpäckchen. Atanow erkannte auf den ersten Blick das Etikett. Warenhaus Gum, am Roten Platz.
Da, wo die Reichen der Reichen einkaufen.
„Willkommen bei uns zuhause, Herr Krüger, kommen Sie bitte herein." Atanow gab die Tür frei und schalt sich einen Esel. Sein Gegner hatte weit mehr Format als er ihm zugetraut hätte.
Pjotr kam auch mit rein, er würde im Dienstzimmer warten.
„Einen Moment, Herr Krüger, „ich sage dem Fahrer kurz Bescheid, dass er sich später für Sie zur Verfügung halten soll."
Jurij kam ins Dienstzimmer und Pjotr nahm Haltung an.
„Sie haben's gehört, Pjotr. Bleiben Sie in Bereitschaft."
„Zu Befehl, Generaloberst." Aber dann fügte Pjotr schnell etwas leiser hinzu: „Bitte bemerken zu dürfen, Krieger ist Doktor der Physik … Max Planck Institut für Radioastronomie, Deutschland, Effelsberg. Er genießt internationales Ansehen. Es ist Vorsicht geboten, Sir."
„Danke." Atanow nickte anerkennend. Pjotr war mehr als nur ein Fahrer. Er würde sich ihn vormerken. Sehr brauchbarer Mann.
Im Flur nahm Jurij seinem Gast den Mantel ab und geleitete ihn zum Wohnzimmer. Das Herz klopfte ihm bis zum Halse … aber bei Krüger war das wohl nicht anders. Mein Gott, was würde das jetzt werden?
„Carlowa, Xenja, Dimitrij, darf ich euch Herr Krüger vorstellen? Der Mann, dessen Begegnung mit euch heute Abend nicht so … reibungslos verlief?"
Krüger kam rein, etwas unsicher.
Er erblickte Carlowa.
Atanow erschrak als er sah, wie Krüger mit einem Schlag leichenblass wurde.

Der wird mir hier umkippen, dachte er noch.
Aber Krüger hatte sich eisern in der Gewalt.
„Ich wünsche euch alle einen sehr schönen Abend," seine Stimme zitterte leicht. „Misses Atanow. Ich bin gekommen, um Sie um Verzeihung zu bitten. Ich habe mich heute Abend da draußen unmöglich benommen. Das war ungehörig. Eine tragische Verwechslung, die ich zu verschulden habe. Ich bin Ihrem Mann sehr dankbar, dass er mir erlaubt hat, mich bei Ihnen mit allem gebührenden Respekt zu entschuldigen. Bitte akzeptieren Sie diese Blumen als Zeichen meiner Verehrung, und dieses kleine Geschenk als Wiedergutmachung."
Da Carlowa sichtlich kein Deutsch verstand, übersetzte Jurij Wort für Wort.
Er sah Krüger förmlich an, wieviel Kraft ihn diese Sätze kosteten und seine Abneigung machte einer gewissen Anerkennung Platz.
Krüger log, ja, aber er hielt Wort.
Carlowa errötete leicht, als sie die schönen Blumen entgegennahm.
Auch das Päckchen nahm sie in Empfang und wollte es auf dem Tisch ablegen.
„Aufmachen," rief Dimitrij dazwischen, der seine Neugier nicht zu zügeln vermochte. Auch er hatte gemerkt, dass Krüger im Moment eine fast perfekte Rolle spielte.
Carlowa sah ebenfalls das Gum Etikett auf dem Päckchen und öffnete vorsichtig die Verpackung.
Ein Kästchen mit dunkelblauem Samt überzogen und mit einem goldenen Schnappschloss kam zum Vorschein.
Sie blickte Jurij fragend an. Der nickte.
Also ließ sie das kleine Schloss aufschnappen und öffnete den Deckel.
Eine Schneekugel!
Aber was für eine!
In einen schneeweißen Sockel eingebettet, der wie das Oberteil einer griechisch-korinthischen Säule aussah, lag eine Kugel aus hellblauem Kristall, die ein tanzendes Brautpaar enthielt. Die

Braut hatte ein schneeweißes Kleid im Meerjungfrau-Stil mit goldglitzernden Säumen. Ihre Haare waren ebenfalls vergoldet und sie schaute selig lächelnd in den Himmel.
Carlowas Kopf ruckte herum und sie starrte Krüger mit offenem Mund an.
Der lächelte entschuldigend. „Ihr Mann teilte mir Ihre Vorliebe für Schneekugeln mit … außerdem hatten Sie sich bei Medredow eine gekauft … also dachte ich, ich könnte Ihnen eine kleine Freude bereiten."
Carlowa sagte etwas zu Jurij. „Sie war sicher sehr teuer," übersetzte er ihre Worte.
„Für eine so schöne Frau wie Sie, ist das Beste kaum gut genug. Aber ich bin hier und verderbe Ihnen den schönen Abend. Bitte denken Sie nicht schlecht von mir, Misses Atanow. Unglückliche Zufälle gibt's immer auf dieser Welt. Schönen Abend noch wünsch' ich Ihnen allen."
Krieger wandte sich um.
Nur Atanow, der hinter ihm gestanden hatte, sah wie jetzt die Tränen an seinem Gesicht herunterliefen.
„Ich bringe Sie zur Tür, Herr Krüger. Pjotr wird Sie zurück ins Hotel fahren."
Wortlos nahm Krüger im Flur seinen Mantel entgegen.
Pjotr hatte gehört, dass Krüger sich zum Gehen anschickte und kam aus dem Dienstzimmer. „Alles in Ordnung, Kamerad?" fragte er Krüger besorgt auf Deutsch, als er ihn so sah.
Krüger nickte. „Es wird schon. Bringen Sie mich ins Hotel zurück, bitte."
An der Tür drehte er sich noch einmal kurz um. „Danke für diesen Moment, Atanow."
Jurij nickte. „Danke, dass Sie Wort gehalten haben, Krüger."
Pjotr zog die Tür von außen zu.
In dem Moment kam Carlowa in den Flur gelaufen. „Mein Gott, Jurij, ich hab' vergessen, mich bei ihm zu bedanken. Wir haben ihm nicht mal was zu trinken angeboten."
„Es ist gut, Carlowa. Ich bin sicher, Herr Krüger wird das zu verstehen wissen. Er ist ein Ehrenmann."

„Hast du die Schneekugel gesehen? Mein Gott, was muss die gekostet haben?"
Es läutete wieder an der Tür. „Was ist denn jetzt noch los?" fragte Jurij leicht gereizt und öffnete die Tür.
Es war Pjotr.
„Ich bitte um ein Glas Wasser, Generaloberst. Herr Krüger geht's im Moment nicht so gut." Pjotr hatte Carlowa nicht hinter seinem Vorgesetzten gesehen.
„Was ist mit Herrn Krüger?" fragte sie besorgt und kam hinter ihrem Mann hervor.
Aber Pjotr schaltete blitzschnell und wehrte ab.
„Nicht so schlimm, Misses Atanowa. Ein kleiner Schwächeanfall. Ich konnte in Erfahrung bringen, dass Herr Krüger im Moment sehr viel arbeitet."
„Aber bitten Sie ihn doch nochmal herein," bat Carlowa, „vielleicht muss er sich nur ein bisschen ausruhen."
„Herr Krüger möchte keine Umstände machen. Ich glaube, er will ins Hotel zurück." Pjotr machte keine Anstalten, die Tür freizugeben.
Jurij brachte ein Glas Wasser und Pjotr nahm es mit hinaus.
„Wir benehmen uns unmöglich, Liebling," meinte Carlowa besorgt. „Herr Krüger hat sich wie ein feiner Mann benommen und wir lassen ihn einfach so gehen."
Atanow fuhr sich mit der Hand über die Augen. Was sollte er seiner Frau antworten?
Er wusste genau, wenn Krüger noch einmal reinkommen würde, wäre er nicht mehr in der Lage, seinen Zustand vor Carlowa noch länger zu verbergen.
Draußen hörte er, wie die Armeelimousine anfuhr.
Gottseidank! Das Problem hatte sich von selbst gelöst.
Pjotr hatte das leere Glas nicht wieder zurückgebracht. Er würde es später abgeben.
„Komm, wir schauen uns mal diese Schneekugel an, die der Mann dir geschenkt hat," lenkte Jurij ab.
Im Wohnzimmer hatte Dimitrij schon an der Kugel rumprobiert, natürlich ohne zu fragen.

„Kuck mal hier unten, unter dem Sockel ist ein kleiner Hebel, und eine kleine Flügelschraube zum Aufziehen."
Er legte den Hebel um und eine kleine glockenhelle Spieluhr im Sockel spielte den Donauwalzer.
Dimitrij schüttelte die Kugel und im Innern drehte sich das Brautpaar langsam im Schneegestöber.
Carlowa und Xebja genossen verzückt dieses Schauspiel.
Hinter Xenja hob Dimitrij langsam den Kopf und schaute seinen Freund und Vorgesetzten unauffällig an. „Was läuft hier, Jurij?" fragte sein stummer Blick.
Zehn Minuten später ergab sich dann für ihn die Gelegenheit, Jurij in seinem Büro zur Rede zu stellen.
Carlowa und Xenja waren in der Küche mit Appetithäppchen beschäftigt, die Carlowa zur Feier des Tages auf den Tisch setzen wollte.
„Jurij! Was soll das? Dieser Krüger hat gelogen! Hast du gesehen, wie er die Farbe gewechselt hat, als er Carlowa gegenüberstand? Was sollen diese Spielchen? Wieso spielst du derartig mit dem Feuer?"
Aber Atanows Blick ging durch ihn hindurch … in weite Ferne.
„Dmitrij … 1. September 1983 … was sagt dir das?"
„Hmm … das sagt mir nichts. Was war am 1. Sept … Moment mal, mir fällt nur diese alte Geschichte mit dem amerikanischen Spionageflugzeug ein, das unsere Luftwaffe damals vom Himmel geholt hat."
Atanow nickte.
Dimitrij blickte ihn verständnislos an. „Ja? Und? Was, zum Teufel, hat das mit dir und Krüger zu tun? Komm, Jurij … eiere hier nicht so rum! Rück´ raus mit der Sprache, Was ist hier los?"
„Ich … kann´s dir nicht sagen. Ich muss das alleine ..."
Weiter kam er nicht, denn Dimitrij packte ihn hart am Arm. „Hab´ ich dich jemals im Stich gelassen? Sind wir Freunde oder sind wir bloß Genossen? Wenn du Schwierigkeiten hast, möchte ich … nein … verlange ich, dass ich derjenige bin der dir helfen darf! Ist das klar, alter Freund? Also?"

Atanow blickte zum Fenster hinaus.
Draußen fiel Schnee. Man sah es im Schein der Straßenlaternen.
Die Schneeflocken wirbelten sorglos in einem lustigen Schauspiel und es sah aus als würden sie tanzen ... tanzen für das Brautpaar in der Schneekugel.
Die Braut in der Kugel war Carlowa.
Sie sah aus wie Carlowa, das schöne ebenmäßige Gesicht, die hellen Haare, das verklärte Lächeln. die schlanke Figur, ... nur der Bräutigam hatte ein seelenloses Gesicht.
War es Jurij? War es Krüger? Atanow war sich plötzlich nicht mehr sicher. Er glich allen beiden ... oder aber keinem von ihnen.
„"Wer ist der Bräutigam?" fragte er gedankenverloren und betrachtete die winzigen Schneeflocken im blauen Kristall.
„Wie, wer ist der Bräutigam? Wovon redest du?" Dimitrij holte ihn erbarmungslos in die Wirklichkeit zurück. „Du bist im Moment nah dran, die Richtung zu verlieren, mein Freund. Ich möchte, dass du diesem Theater mal ein Ende machst und mit mir auf den matschigen Boden der Tatsachen zurückkommst. Wer ist dieser Dirk Krüger? Was hat er mit Carlowa?"
Jurij blickte zu Boden.
„Dirk Krüger hat, so erzählte er mir im Krankenhaus, am 1. September 1983 seine Frau verloren. Dieses „Spionageflugzeug" über Kamtschatka war eine Koreanische Passagiermaschine, eine Boeing 747 mit Zivilisten an Bord ..."
„Was!?!" Dimitrij klappte die Kinnlade herunter. Aber dann schüttelte er entschieden den Kopf. „Unmöglich! Offiziell war es bei uns ein amerikanisches Spionageflug..."
„Schluss damit, Dimitrij! Wir beide sind hoch genug im Rang um zu wissen, was es mit diesen „offiziellen" Versionen auf sich hat, die man überall auf der Welt den Untergebenen und den Journalisten immer wieder auftischt. Die ganze Welt weiß inzwischen, dass es eine Passagiermaschine war, die unsere Suchoi 15 damals vom Himmel geholt haben," sagte Jurij hart.
„Lassen wir also diesen offiziellen Quatsch! Aber weiter im

Text. Heute, 20 Jahre später, glaubt Krüger, seine Frau hier in Moskau wiedergetroffen zu haben. Er ist überzeugt, dass Carlowa seine verstorbene Frau Sonja ist."
Dimitrij blickte ihn verständnislos an. Dann lachte er dröhnend auf. „So ein Blödsinn! Und diese Lachnummer machst du mit? Carlowa ist deine Frau, ihr seid seit einer Ewigkeit miteinander verheiratet. Sie ist eine Russin durch und durch. Sie versteht nicht mal seine Sprache. Und du sitzt hier und starrst in eine Schneekugel, die er ihr geschenkt hat! Jurij, hast du sie noch alle?"
Dimitrij blickte seinen Freund und Vorgesetzten mit einem breiten Lächeln an. „Lass mich da mal getrost ran! Ich werde mit seiner hirnverbrannten Theorie so Schlitten fahren, dass der Schnee unter den Kufen Feuer fängt."
Dann kam er mit dem Gesicht ganz nah.
„Jetzt hör mir mal gut zu," sagte er leise und eindringlich, „der Bräutigam in der Schneekugel bist du! Du, und niemand anders! Hast du mich verstanden? Denk nicht einmal dran!"

5. Kapitel. Moskau, Hotel Oksana, Yaroslavskayastraße 15, 11. September 2003.

Dirk Krüger saß in seinem Hotelzimmer auf dem Bett, den Kopf in die Hände vergraben.
Sie war es!
Mein Gott! Sie nach zwanzig Jahren so lebendig und gesund wiederzusehen, war mehr als er verkraften konnte.
Aber sie lebte.
Und das allein zählte.
Was hatte er nicht alles durchmachen müssen. In Seoul hatte er am Flughafen auf sie gewartet … die Verspätung, die Ungewissheit, die Flughafenansage rückte die Informationen nur spärlich heraus … die Angst, dann die Panik, die Verzweiflung … immer noch hielt man die Informationen zurück … plötzlich die vielen Fernsehkameras, die Reporter, die schon mehr wussten als die Betroffenen selbst … die Suche, Japaner, Amerikaner, die Blockade der russischen Marine … die Wut, die Ohnmacht … dann die ersten Leichenteile an der Küste von Hokaido ...
Seine Arbeit, in die er sich verbissen gestürzt hatte, war das erste an das er sich klammern konnte. So hatte sich sein internationales Ansehen um ein Vielfaches vergrößert.
Aber es hatte ihm nichts bedeutet.
Gar nichts.
Ohne Sonja bestand das Leben nur noch aus billig angemalten, wertlosen Pappkulissen. Die Menschen bewegten sich durch ihre leblose Welt, wie schlecht funktionierende Puppenautomaten.
Seine Familie war auseinandergebrochen.
Aber was heute wirklich wehgetan hatte: Sonja hatte ihn nicht

wiedererkannt.
Ok, ihr Gedächtnis hatte gelitten. Das hatte er schon vor Medredow erkannt.
Trotzdem hatte er insgeheim gehofft, sie würde sich irgendwie an etwas erinnern können, aber da war nichts.
Nicht einmal das kleinste Aufflackern in ihren Augen.
Sie hatte ihr Gedächtnis verloren.
Amnesie.
Dirk runzelte die Stirn.
Aber Amnesie verläuft anders. Er versuchte, sich vor Augen zu führen, was er über Amnestie wusste.
Gedächtnisverluste gab´s schon viele, aber die Muttersprache bleibt immer erhalten.
Sonja war ein Deutsche.
Sie hätte ihn verstehen müssen.
Gibt´s eine Art Amnesie, bei der auch die Muttersprache verlorengeht? Dirk wusste es nicht.
Er würde das nachprüfen müssen.
Dann im Halbdunkel des Hotelzimmers, kamen ihm die ersten Zweifel.
Er war sicher, es war Sonja. Aber was war, wenn nicht?
Was war, wenn der Zufall ihm einen solch krassen Streich spielte, dass er ihm eine Frau vor die Nase setzte, die seiner Sonja in allen Bereichen ähnelte ... theoretisch war das möglich.
Aber praktisch? Dirk lächelte. Er kannte die Chaostheorie, mit ihren zahlreichen, oftmals unglaublichen Auswüchsen.
Aber war das Ganze hier nicht schon chaotisch genug? Warum noch eins draufsetzen?
Es half nichts.
Er brauchte Hilfe.
Und wo er die herkriegte, wusste er schon.
Kurzentschlossen griff er zum Zimmertelefon.
„Krüger," meldete sich sein ältester Sohn Bernard in Deutschland. Bernard hatte ein Handy.
„Ich bin´s Dirk. Bist du noch wach?"

„Nein, Paps. Ich schlafe schon. Ok, Kleiner Scherz. Ich bin noch auf der Arbeit. Hier ist alles drei Stunden früher als bei dir in Moskau. Ist was vorgefallen?"
„Sohn, ich rufe an, weil … Ich hab´ hier in Moskau jemanden getroffen ..." Dirk konnte einen Moment nicht weiterreden.
„Was ist los Dad? Hast du getrunken? Du rufst tatsächlich an, weil du jemanden getroffen hast? Hatte das nicht Zeit bis heute Abend?"
„Benny … ich glaube ich werde verrückt. Ich brauche deine Hilfe. Kannst du nach Moskau kommen?"
„Nach Mo … Dad, bist du bescheuert? Ich war noch nie in Moskau." Dirks Sohn machte eine kleine Pause. „Dad! … **Wen** hast du getroffen?"
Dirk fühlte sich, wie wenn vor seinem Gesicht ein glühender Ofen wäre.
„Ich … glaube … deine Mutter."
„Dad?!? … Ich komme! In welchem Hotel bist du?"
„Im Oksana Hotal, Yaroslavskayastraße 15."
„Ich check´das und sage dir Bescheid, wann ich ankomme."
Dirk legte auf.
Es war das Beste, was ihm im Moment eingefallen war. Sein Sohn würde ihm entweder den Kopf zurechtrücken, oder seine Zweifel beseitigen.
Eine gute Idee.
Seine Tochter Angelika wollte er nicht anrufen. Oh, nein. Sie ähnelte ihrer Mutter zu sehr.
Sie würde eher für heillose Verwirrung sorgen als für eine nüchterne Überprüfung.

6. Kapitel. Moskau, Wohnung von Jurij und Carlowa Atanow auf dem Yauszky Boulevard.

Dirk Krüger war aber nicht der einzige, der in dieser Nacht nicht schlafen konnte.
Generaloberst Atanow konnte es auch nicht.
Zu viel war an diesem Tag über ihn hereingebrochen.
Was wirklich schlimm war, wusste nur er: Es war das nagende Gefühl der Unsicherheit.
Ja! Er hatte Carlowa in Aniva kennengelernt.
Er war ihrem Zauber vom ersten Tag an verfallen. Dabei war sie bloß die Nichte eines verarmten Fischers.
Er war mit seiner Einheit nach Sokol versetzt worden und hatte zwei Ruhetage in Ozerskoye verbracht. Am Fischmarkt in Aniva hatte er sich ein leckeres Fischbrötchen besorgt, frisch vom Kutter.
Da hatte er sie gesehen, inmitten einem Dutzend anderer Frauen. Sie putzte Fische mit flinken Händen an ihrem Stand und verbreitete gute Laune.
Ihre Schönheit und ihr jugendliches Aussehen verblüfften ihn.
Der alte Fischer, Boris Alexandrow, der sie bei sich aufgenommen hatte, war ihr Onkel.
Er erzählte ihm, dass ihre Eltern verstorben waren, und dass sie einen Bootsunfall gehabt hatte.
Irgendwann war sie eines frühen Morgens beim Sortieren der Fische im Hafen vom Kutter ins eiskalte Wasser gefallen. Sie wurde vom Bug am Kopf getroffen, und hatte unverschämtes Glück, dass Alexandrow es sofort bemerkt und sie aus dem Wasser gezogen hatte.
Ja, sie hatte ihr Gedächtnis verloren.
Das hatte Jurij nicht im mindesten gestört.

Aber heute lastete es plötzlich auf seinen Schultern mit einem Gewicht von drei Tonnen.
Warum war er nie mit ihr in ihre Heimatstadt in Ferien gefahren?
Im Halbdunkel sah er Carlowa neben sich im Bett liegen. Sie schlief immer so leise, dass man sie kaum atmen hörte.
Jurij erhob sich sachte und ging auf leisen Sohlen ins Wohnzimmer.
Der Himmel draußen war klar und der Mond schien durchs Fenster.
Jurij sah die Schneekugel.
Sie stand auf dem Tisch und die bläuliche Kristallkugel glänzte im Mondschein.
Die kleine Braut im Glas hatte ihren Oberkörper elegant zurückgebeugt und lächelte selig in den Himmel.
Jurij betrachtete sie.
Es war Carlowa in ihrem Brautkleid. Es sah aus als ob sie lebte.
„Wer ist der Bräutigam?" flüsterte er.
„Jurij, was ist los? Wieso bist du auf?" fragte Carlowa leise hinter ihm.
Er hatte sie nicht kommen hören.
Sie sah, dass er sich nicht umdrehte. „Was hast du da gesagt? Von einem Bräutigam?"
„Es ... handelt sich um die Schneekugel," antwortete er leise.
„Das schöne Brautpaar ... die Braut, das bist du. Ich ... hab' mich gefragt ... wer der Bräutigam ist?"
Carlowa blickte ihn erschrocken an. „Aber das bist doch du! Jurij, was ist das für eine seltsame Frage?"
Aber dann lachte sie glockenhell auf.
„Glaubst du, du hättest einen Nebenbuhler, nur weil dieser Mann da ... dieser Krüger ... mir ein paar Blumen mitgebracht hat? Oh, Jurij! Du bist gut! Wie kannst du nur sowas denken? Außerdem hat er ja selbst gesagt, dass er sich bei mir entschuldigen möchte, weil er mich mit jemandem verwechselt hat. Worüber machst du dir Gedanken, Liebling?"
Atanow stand da mit gesenktem Kopf. Er musste sich

entscheiden. Zwei Dinge hatte er sich im Leben versprochen. Eines davon würde er im Moment nicht halten können.
Er setzte sich und nahm ihre Hand.
„Carlowa … ich habe mir fest vorgenommen, dir niemals wehzutun und nie ein Geheimnis vor dir zu haben. Jedoch … beides zur gleichen Zeit … geht heute nicht."
Sie setzte sich zu ihm. „Jurij, du machst mir Angst … bitte, sag etwas."
„Heute Abend … Krüger hat gelogen. Ich hatte ihn gebeten, dir nicht wehzutun. Er hat es versprochen … und Wort gehalten. Dafür musste er lügen. Aber es hat ihn was gekostet, glaub's mir. Er hat es fast nicht durchgestanden…"
„Bei was hat er gelogen?" Atanow sah die Angst in ihren Augen.
„Er glaubt, du bist seine verstorbene Frau Sonja … er glaubt es immer noch."
Carlowa lächelte unsicher. „A … aber ich war doch nie verheiratet. Du bist mein erster Mann. Das weiß ich genau. Ich hab' den Herrn Krüger noch nie vorher gesehen … hast du dich deshalb gefragt, wer der Bräutigam ist?"
Atanow nickte.
Ihr Blick wurde leicht vorwurfsvoll. „Jurij, wie kannst du an mir zweifeln. Ich habe dir immer die volle Wahrheit gesagt. Wir haben nie ein Geheimnis voreinander gehabt. Du tust mir weh…"
„Ich zweifle auch jetzt noch nicht an dir. Nicht im Geringsten. Aber … was er gesagt hat … hat mich aus den Stiefeln gerissen. Glaub' mir Carlowa, ich bin nicht leicht zu beeindrucken, aber diesmal …" Atanow senkte den Kopf und seine Stimme wurde leiser „es könnte … sein … dass ich vielleicht … nicht … der Bräutigam in der Schneekugel bin."
Carlowa sah ihn mit großen Augen angstvoll an. „Jurij, ich hab' Angst."
„Ich auch," sagte er und nahm ihre beiden Hände. „Vielleicht zum ersten Mal in meinem Leben."

7. Kapitel. Moskau, Hotel Oksana. 12. September 2003. In der Nacht.

In dieser Nacht klingelt bei Dirk Krüger im Hotel das Zimmertelefon.
Dirk sah auf seinen Reisewecker.
2Uhr12!
Naja! Wann hatte das Leben je Rücksicht auf ihn genommen?
Er hatte sowieso nicht geschlafen.
„Krüger."
„Hallo, Krüger. Atanow hier."
„Sie, Atanow? Was kann ich für Sie tun?"
„Ich … nehme an, dass Sie ebensowenig schlafen können wie ich."
„Da liegen Sie richtig. Ich bin wach."
„Weshalb ich Sie anrufe … ich habe Carlowa die Wahrheit gesagt … ging nicht anders. Sie möchte Sie sehen."
Dirk erschrak. Bis jetzt war doch noch alles irgendwie glimpflich verlaufen.
„Atanow!?! Wieso?? … wir beide wollten sie doch … da raushalten. Sie selbst hatten mich darum gebeten."
„Ja … ich hätte lügen müssen … bei ihr kann ich das nicht."
„Atanow. Musste das sein?"
„Ja. Sagen Sie mir eins, Krüger, …spielen wir mit offenen Karten?"
„Wir müssen. Es geht nicht anders, Atanow. Wenn wir das nicht tun, werden wir sie beide verlieren."
„Gut. Dann möchte ich Ihnen eine Frage stellen. Wie sicher sind Sie, dass Ihre Sonja meine Carlowa ist?"
„Ich würde sagen, zu 100 Prozent, aber … da wir mit offenen Karten spielen … es gibt zwei Umstände, die mir … auf dem

Magen liegen."
Atanow horchte auf „Und die wären?"
„Zum einen, das Allgemeingültige … es gibt sie, und es wird sie immer geben: die Möglichkeit, dass zwei Menschen auf dieser Welt fast völlig identisch sind …"
„Und die andere?"
„Hmm … nun ja … Ich weiß was Gedächtnisverlust ist, aber ich kenne keinen Fall von Amnesie, bei dem die Muttersprache verloren geht. Wohl habe ich von Fällen gehört, bei denen Kenntnisse von erlernten Sprachen verloren gingen, aber nicht die Muttersprache. Sonja ist eine Deutsche. Sie hat kein Wort von dem verstanden, was ich zu ihr gesagt habe. Ich werde das nachprüfen müssen … aber Sie, Atanow, wie steht's bei Ihnen?"
„Da Sie fair bleiben, werde ich es auch sein …" Atanow brauchte einen Moment.
„Gornozavodsk liegt am japanischen Meer … die Stelle wo … Sie wissen schon."
„Ich dachte es mir als ich Ihre Reaktion sah."
„Aber … das ist nicht alles. Ihr Onkel, Alexandrow, hat mir erzählt, sie wäre damals beim Verladen von Fischen ins Wasser gefallen und vom Fischkutter am Kopf getroffen worden …"
„Gedächtnisverlust?"
„… ja."
Krüger brauchte jetzt auch einen Moment. „Danke für die Wahrheit, Atanow. Es muss Sie was gekostet haben."
„Ja … hat es. Aber … Sie haben auch schon bezahlt … bei mir zuhause, als Sie sagen mussten, Sie hätten sich geirrt. Ich hab's Ihnen angesehen."
Die beiden Männer schweigen eine Weile.
„… Krüger, sind Sie noch dran?"
„Ja … leider …"
„Küger … wer ist der Bräutigam in der Schneekugel?"
„Was!?"
„Ihre weiße Schneekugel … wer ist der Bräutigam?"
„Oh! Die Kugel war als Geschenk gedacht … nicht als Symbol."

„Zurück zu meinem Anliegen … Carlowa möchte Sie sehen. Wann passt es Ihnen?"
Dirk atmete einmal tief durch.
„Es wird für uns beide nicht einfacher, Atanow. Ich muss Ihnen etwas gestehen. Ich habe meinen Sohn nach Moskau bestellt … ich wollte seine Meinung wissen. Er war 5 Jahre alt, als er seine Mutter verlor."
„Verstehe … dann …sollte er bei dieser Begegnung dabei sein. Werden Sie mir erlauben, auch dabei zu sein? Ich … möchte Ihren Sohn ebenfalls sehen …"
„Ja. Natürlich. Wenn Sie möchten."
„Danke, Krüger"
„Komisch, Atanow, ich sehe Sie an als Gegner, aber wir sind keine Feinde …"
„Nein. Und das ist richtig so. Sie sagten, im Krankenhaus … sie hätten zwei Kinder. Was ist mit dem zweiten?"
„Keine gute Idee, Atanow."
„Weshalb?"
„Unsere jüngste, Angelika, ähnelt zu sehr ihrer Mutter."
Jetzt war es Atanow, der erschrak. Krüger hatte mehr Trümpfe in der Hand als die, die er bis jetzt ausgespielt hatte.

8. Kapitel. Moskau   Flughafen Moskau Domodedowo, südlich von Moskau. 12. September 2003 später Nachmittag.

Die Lufthansa Maschine aus Frankfurt Hahn war im Landeanflug.
Dirk stand auf der ersten Etage in der Wartehalle des Hauptgebäudes und erwartete die Ankunft seines Sohnes Bernard aus Deutschland.
Aber Dirk war nicht allein. Carlowa und Atanow standen neben ihm und Dirk hatte mehr als genug zu tun, dem übermächtigen Drang, sie einfach in die Arme zu schießen, zu widerstehen. Er sah sie neben sich stehen und atmete ihren Duft ein.
Es war ein vertrauter Duft, der Jahrzehnte zurücklag.
Die Weichen standen jedoch falsch, an diesem Morgen.
So falsch, wie sie nur stehen konnten.
Aber ja doch! Atanow und er, hatten ein Abkommen getroffen, ein sicheres, faires und überschaubares Abkommen, wie Männer es zu tun pflegen.
Aber, wie immer im Leben, wenn Frauen mitmischen, geht es drunter und drüber.
Wie konnte es auch anders sein?
Carlowa war, wie jede richtige Frau, neugierig geworden, furchtbar neugierig. Und, wie jede richtige Frau, vermochte sie ihre Neugier nicht zu zügeln. Nein, es musste sofort sein.
Wer war dieser „Sohn" der jetzt aus Deutschland kam, um sie zu sehen?
Atanow war also, auf drängenden Wunsch seiner Frau, mit ihr zum Flughafen gekommen, zum einen, um Dirk zu treffen, zum andern, um Bernhard, Dirks Sohn zu sehen.
Das ließ Dirk keinen Spielraum mehr, ihn vorher einzuweihen und ihn auf diese höchst delikate Begegnung vorzubereiten.

56

Es konnte demnach nur noch schiefgehen.
Der Flug war pünktlich und die drei betrachteten mit gemischten Gefühlen die Landung des Lufthansa-Flugzeugs.
Die Maschine rollte aus und das Heulen der Triebwerke erstarb. Da sie aber nicht an bis an den achteckigen Terminal herangeführt werden konnte, blieb sie außerhalb der Reichweite der automatischen Gangways stehen.
Steigtreppen wurden herangerollt und die ersten Passagiere stiegen aus.
„Dein Sohn?" Carlowa deutete sofort auf den großen jungen Mann, der soeben aus dem Flugzeug kam.
Dirk nickte.
Benny hatte sich, entgegen seiner sonstigen Kleidergewohnheit, richtig in Schale geworfen. Er, der sonst nur Bomberjacken und Wollmützen trug, stand jetzt, ganz Businessman, in einem eleganten hellen Trenchcoat und weißem Schal auf der Plattform der Stahltreppe, zwei Koffer in der Hand.
Und ... Nein!
Dirk wollte in den Boden versinken. Er sah gleichzeitig, wie Atanow seinerseits schlagartig blass wurde.
Hinter Benny trat Angelika aus dem Flugzeug.
Dirk fuhr sich mit der Hand über die Augen.
Oh, Manno! Das durfte doch jetzt nicht wahr sein.
Natürlich hatte Benny nicht dichthalten können. Und natürlich hatte nichts und niemand seine kleine Schwester abhalten können, in seinem Kielwasser mit nach Moskau zu kommen, um ihre Mutter wiederzusehen.
„Wer ... ist das?" fragte Carlowa unsicher. Auch sie hatte mit dem ersten Blick erkannt, dass da niemand anderes als ihr jüngeres Ebenbild aus der Tür gekommen war.
„Uns ... meine jüngste Tochter ... Angelika."
Er sah, wie Carlowa unauffällig das Geländer umklammerte.
Ach, jetzt ist es auch egal, dachte Dirk verzweifelt. Es hatte nicht sein sollen, aber ich kann's jetzt nicht mehr ändern. Die Karre läuft sowieso, wie sie will.
Er machte einen letzten Versuch.

„Bitte ... Atanow ... gehen Sie mit Ihrer Frau ins Flughafenrestaurant ... ich ... das war etwas unerwartet ... ich werde mit meinem Sohn nachkommen ... ich muss vorher mit meinen Kindern reden ... sie kennen die Umstände dieser Begegnung nicht richtig ... ich fürchte ..."
Atanow übersetzte, so gut er konnte.
„Njet! (Nein)" sagte Carlowa entschieden. „YA khochu vide vashi deti seychas! (Ich möchte Ihre Kinder jetzt sehen), Herr Krüger! Bitte verstehen Sie das. Ich möchte Ihren Sohn und Ihre Tochter gern kennenlernen. Und ..." Carlowa blickte einen Moment zu Boden „ich möchte hören was sie sagen ... wenn sie mich sehen."
„Wir ... können uns aber schon ... ins Restaurant setzen ..."
Dirk versuchte, irgendwie ein paar Sekunden herauszuschinden.
Aber Carlowa war nicht umzustimmen.
Atanow war gleichermaßen von den Umständen völlig überrumpelt.
So wie Angelika hatte Carlowa ausgesehen, als er sie zum ersten Mal auf dem Fischmarkt in Aniva getroffen hatte. Schöne Bilder aus alten Tagen kamen ihm ins Gedächtnis.
Er verstand jetzt sehr gut, weshalb Krüger nicht gewollt hatte, dass sie mit nach Moskau käme. Aber das hatte sichtlich nicht geklappt.
Das Erscheinen der „jungen Carlowa" auf der Bildfläche war ein Trumpf-As, dem er im Moment nichts Gleichwertiges entgegenzusetzen hatte.
Also warteten beide Männer ergeben darauf, dass die beiden aus der Gepäckkontrolle herauskamen.
Dirk konnte sich jetzt nur noch auf das Feingefühl seiner beiden Kinder verlassen. Hoffentlich merkten die, dass nicht alles im grünen Bereich ...
Aber genauso gut könnte man den Mond anheulen, dachte er gleichzeitig.
Es dauerte einige Zeit, bis die Gepäckkontrolle beendet war.
Dann kamen sie.
Beide zugleich!

Hatte da irgendjemand etwas von Feingefühl gesagt? Dann war das glatt für die Mauern gewesen.
Der elegante junge Mann im hellen Trenchcoat erblickte zuerst Dirk und dann …
„Mam!?!" Er ließ beide Koffer gleichzeitig fallen und schrie so laut, dass die gesamte Halle herumfuhr.
„Maaaam!" und kam mit offenen Armen auf sie zugestürzt.
Rumms! hatte er sie umklammert und drückte sie an sich.
Angelika kam hinterhergelaufen und wischte sich mit einem Taschentuch die Tränen aus den Augen. Auch sie hatte ihre Koffer an Ort und Stelle fallengelassen.
„Mam?! Bist du´s?" sagte sie und konnte ihr Glück nicht fassen.
Benny drückte Carlowa immer wieder an sich. „Mam! Wo kommst du denn jetzt auf einmal her? Wo bist du die ganze Zeit gewesen? Wie geht es dir?"
Er hatte feuchte Augen als er sie ansah. „Wunderbar siehst du aus. Ich kann´s gar nicht glauben. Wie ist das möglich? Mein Gott, ich bin ganz aus dem Häuschen."
Angelika nutzte diesen Moment um sich vorzudrängen und Carlowa zu umarmen. „Mam, ich freue mich wahnsinnig. Entschuldige, dass Benny so einen Aufstand macht, aber du weißt ja, wie er ist."
Dirk schaute Atanow verzweifelt an.
So sah also das „unparteiische" Urteil aus, das er sich von seinem Sohn über Carlowa erhofft hatte.
Atanow stand da wie zu Stein erstarrt und hatte noch immer keine Farbe im Gesicht.
Er hatte sich innerlich so, in etwa, auf ein zaghaftes und prüfendes Wiedersehen zwischen einem vermeintlichen Sohn und seiner Carlowa vorbereitet, aber dass dafür der halbe Flughafenbetrieb lahmgelegt wurde …
Carlowa selbst, hatte feuchte Augen bekommen, als sie erlebte, wie sie zum sovielten Male umarmt und gedrückt wurde.
„Pro sztiniza ni priaszki?" (Entschuldige, Liebling, aber es ist unglaublich) sagte sie zu Atanow.

„Was sagst du, Mam?" lachte Benny überglücklich. „Dass du Russisch kannst, ist mir klar, aber ich verstehe es nicht ..."
„Stop!!" sagte Dirk jetzt entschieden dazwischen, denn, so unheimlich schwer es ihm auch fiel, es war höchste Zeit, die Verhältnisse ein wenig klarzustellen.
Benny und Angelika hielten erschrocken inne.
„Eure Mam … hat ihr Gedächtnis verloren … vor langer Zeit … sie weiß nicht mehr, wer ihr seid … sie hat mich auch nicht erkannt."
Bennys Lippen zitterten. Er ergriff Carlowas Hand, „Aber … das ist doch sowas von egal, meine ich … wen interessiert das? Mam … ich bin´s, Benny. Dein Benny. Erkennst du mich nicht?"
„Halt, Benny … lass sie … bitte los. Das ist noch nicht alles … eure Mam ..." Dirk konnte nicht weiterreden.
Atanow übernahm das für ihn.
„Darf ich mich euch vorstellen? Ich bin Generaloberst Jurij Atanow ..." jetzt suchte auch er nach Worten „.. diese Frau … eure Mutter … heißt Carlowa Alexandrowa … wir sind miteinander verheiratet … seit 12 Jahren. Ich … habe sie als Fischermädchen in Aniva auf Sakhalin kennengelernt. Bis heute hatten wir keine Ahnung, dass Carlowa eurer Mutter … zum Verwechseln ähnlich sieht ...und..." er fügte etwas leiser hinzu „...es auch vielleicht sein könnte."
Benny wirkte ganz bestürzt. „Aber klar doch ist sie es! Das sieht doch ein Blinder … Mam, sag du doch auch mal was."
Dirk mischte sich wieder ein, „sie kann euch nicht verstehen … sie kann kein Deutsch mehr..."
„Carlowa verlor als junge Frau ihr Gedächtnis. Für mich ist sie die Tochter des Hafenarbeiters Oleg Alexandrow aus Gornozavodsk," sagte Atanow, „aber sie hat keinerlei Erinnerungen an ihre Kindheit ... weder an Gornozavodsk noch an … wie sagten Sie noch, Herr Krüger ..."
„Gillenfeld. Sonja stammt aus Gillenfeld."
„... ja, Gillenfeld … aber leider haben wir auch keine Hinweise … dass sie eure Mutter sein könnte. Da ihre Eltern in

Gornozavodsk vor langer Zeit verstorben sind, wurde das nie überprüft und wir waren auch nie dort..."
„Was denkst du, Dad?" fragte Angelika und sah ihren Vater bestürzt an.
„Holt erst mal eure Koffer," meinte Dirk niedergeschlagen. Zu mehr reichte es nicht.
Jetzt kullerte auch Carlowa die erste Träne über die Wange runter, als sie mitansehen musste, wie die beiden geknickt zurückschlichen um ihre Koffer einzusammeln.
„Vozmozhno li, chto ya mog by byt' mater'yu?" (Ist es wirklich möglich, dass ich ihre Mutter sein könnte) fragte sie leise ohne ihren Mann anzublicken.
Da er nicht antwortete, wandte sie sich ihm zu und schaute ihm in die Augen.
Atanows Kopf sank nach vorne. „Ja ... es ist möglich ... ich weiß es nicht."
„Mein Gott!" sagte sie leise.
Da gab Atanow sich einen Ruck und flüsterte so leise, dass nur sie es hören konnte. „Schau dir die beiden an. Wir hatten nie Kinder ... aber so einen Sohn ... und so eine hübsche Tochter ... das ... hätte ich mir gewünscht ... Sie sieht dir sehr ähnlich."
Carlowa nickte.
Dann wandte er sich an Krüger und konnte nicht verhindern, dass sich ein Lächeln auf sein Gesicht stahl. „Krüger, ich glaube nicht, dass dieses Wiedersehen so ganz das ist, was Sie geplant haben, oder liege ich da falsch?"
„Mein Gott, Atanow, ich bin ein Volltrottel. Das hier ist total aus dem Ruder gelaufen. Bitten Sie Carlowa um Himmels Willen für mich um Verzeihung! Sagen Sie ihr ..."
Aber Jurij übersetzte schon.
Carlowa wandte sich ihm zu und nahm seine Hand. „Dirk, u vas yest' zamechatl'nyye deti."(Dirk, du hast wundervolle Kinder) sagte sie mit weicher Stimme. „Ya khotelby ne bylo tak grustno" (ich wünschte, es wäre nicht so traurig).
Dirk nickte.

„Aber, da wir schon mal hier sind …" Benny war mit seinen Koffern schon wieder da „… Mam, ich habe dir was mitgebracht …" Er grinste sie erwartungsfroh an, als er in die Hocke ging und den kleineren Koffer öffnete. „Wollen wir doch mal sehen ob deine Erinnerungen wirklich so weg sind, wie man uns hier weismachen möchte."
Was hat er jetzt schon wieder vor? fragte sich Dirk besorgt und runzelte die Stirn.
Benny war nämlich immer für eine Überraschung gut.
Es war kein kleines Päckchen, das er da hervorzog. Nur, sehr sorgfältig in Geschenkpapier eingepackt.
„Kommt, gehen wir zusammen ins Flughafenrestaurant, und machen wir Bekanntschaft miteinander," schlug Atanow vor.
So langsam wurde es auch für ihn richtig spannend.
Er steuerte auch sogleich einen größeren Tisch an, wo genug Plätze zur Verfügung standen.
Nur, sich wie gewohnt neben Carlowa zu setzen, das konnte er diesmal vergessen, denn Benny und Angelika waren schneller.
„Wir haben sie zusammen eingepackt, Mam," sagte Angelika und streichelte Carlowas Hand.
Vorsichtig öffnete Carlowa das Geschenkpapier.
„eto nevozmozhno, no" (das ist doch nicht möglich) flüsterte sie angstvoll, „das kann ich unmöglich annehmen…"
Benny und Angelika hatten kurzerhand die kleine Schneekugelsammlung ihrer Mutter eingepackt und sie mitgebracht.
Atanow übersetzte und Benny lachte auf. „Du brauchst sie auch nicht anzunehmen, Mam, es sind deine. Sie gehören dir sowieso schon längst. Wir haben sie nur mitgebracht, damit du sie wieder bei dir aufstellen kannst."
„Was denken Sie, Krüger, wäre das … in Ordnung?" fragte Atanow mit verhaltener Stimme, denn er wusste, wie sehr Carlowa Schneekugeln liebte.
„Es wäre mir die größte Freude, wenn sie sie annehmen würde. Auch wenn sie sich nicht mehr dran erinnert, wird sie sich doch darüber freuen können," sagte Dirk. Plötzlich war er richtig

stolz auf seine beiden Kinder.
„Bitte um Erlaubnis, stören zu dürfen, Generaloberst Atanow! Generalmajor Baranow möchte Sie kurz sprechen, Sir." Ein Soldat stand am Tisch und salutierte.
Atanow wunderte sich. Dimitrij war doch sonst nicht zimperlich.
Wieso kam er jetzt nicht einfach hierher?
„Entschuldigt mich einen kleinen Moment. Ich bin gleich wieder da."
Atanow folgte dem Soldaten bis hinter die breite Treppe, wo es zu den Toiletten ging.
Da stand Dimitrij.
„Was soll die Geheimniskrämerei, Dimitrij?" fragte Atanow und runzelte die Stirn.
„Das werde ich dir gleich erklären. Aber, d'yavol snova, wer zum Geier ist **das**???" Dimitrij deutete mit dem Daumen hinter sich auf Angelika.
„Angelika, Krügers Tochter."
Dimitrij machte große Augen. „Da bin ich aber platt, Kamerad. Die sieht ja wirklich aus wie Carlowa! Wie zum Teufel ist sowas möglich?"
„Wieso bist du hier, Dimitrij?"
„Hab' dich überall gesucht. Weil ich dich sprechen muss. Also, der Reihe nach: Krügers Geschichte stimmt. Ich hab' unseren alten Freund beim Geheimdienst, Sergej Sorokin, eingespannt. Die Spionagemaschine, die am 1. September 1983 über Sakhalin abgeschossen wurde, war eine Koreanische Boeing 747 mit 269 Passagieren an Bord. Die Passagierliste hat er mir auch übermittelt. Unter den Passagieren befand sich in der Tat eine deutsche Touristin, Sonja Krüger-Hartmann …"
„Wie viele haben überlebt?"
„Unseres Wissens nach, keiner … das, was an Leichenteilen vor Moneron gefunden wurde, muss furchtbar gewesen sein. Da ist irgendwas passiert. Etwas Furchtbares. Auf jeden Fall: Sonja Hartmann ist ums Leben gekommen, mein lieber Jurij!"
Anatow kam mit dem Gesicht ganz nah. „Und wie erklärst du

dir **das**?" zischte er und zeigte auf Carlowa und Angelika.
Dimitrij biss die Zähne zusammen. „Nun, das ist eben jetzt die Gräte in der Fischsuppe … glaub' mir, das hat mich soeben auch umgehauen … deshalb kam ich nicht selbst an euren Tisch … ich fürchte ganz, mein lieber alter Freund, die Sache ist noch nicht ausgestanden. Das wird ein hartes Stück Arbeit, bis wir Gewissheit haben. Grüß Carlowa von mir, ich muss wieder zurück in die Stabsleitung."
Und damit war er weg.
Jurij ging an den Tisch zurück.
Einerseits tat es ihm weh, zu sehen, wie sehr sich Krügers Kinder um Carlowa bemühten.
Andererseits war es komischerweise gar nicht so unangenehm. So einen Sohn … und so eine Tochter zu haben … Mann, was hätte er in diesem Moment nicht alles dafür gegeben? Angenommen … einfach nur mal angenommen, Carlowa wäre die Sonja Hartmann aus dem abgeschossenen Flugzeug, wie hatte sie überleben können? Und … vor allem, wie konnte sie mit einer perfekten Identität ausgestattet werden? … der Identität einer Russin?
„Können wir beide euch drei einen Moment allein lassen?" bat er Carlowa, „ich muss mit Herrn Krüger reden. Es ist dringend."
Mmpf! Es war als wäre er gar nicht da.
Die drei waren, obwohl Carlowa kein Deutsch und Krügers Kinder kein Russisch konnten, so lebhaft ins Gespräch vertieft, dass es überflüssig war, zu fragen.
Dirk stand auf und die beiden gingen ein Stück zusammen die Flughafenhalle hinunter.
Auf halbem Wege blickte Dirk Atanow an. „Ich muss mich bei Ihnen entschuldigen, Atanow. Es war nicht meine Absicht, Sie beide so massiv zu überrumpeln. Ich konnte es nicht verhindern … Kinder tun nicht immer das, was man von ihnen erwartet."
Atanow blieb stehen. „Im Gegenteil! Sie können stolz auf Ihre Kinder sein. Mir ist das Glück versagt geblieben, solch einen Sohn und solch eine Tochter zu haben. Aber wir beide spielen

mit offenen Karten ... und ich muss Ihnen sagen ... wenn ich Carlowa so sehe ..." er blickte einen Moment verzweifelt an die Decke, „ich würde mir fast wünschen, dass Carlowa ihre Mutter ist. Denken Sie, was immer sie wollen, Krüger ... aber sehen Sie sie an. Ich habe sie noch nie so gesehen. Es ist ... als wäre sie wieder jung geworden..."
Dirk nickte.
„Wie soll das alles weitergehen, Krüger?"
„Schwere Frage. Sie hatten ein glückliches Leben, bevor ich kam ... auch wenn ich vor Freude fast übergeschnappt wäre ... so langsam wünsche ich mir, dies alles hätte nicht stattgefunden."
„Hat es aber. Auch ich muss damit leben. Wie stehen unsere Chancen, Krüger?"
Dirk blickte zu Boden. Das war eine sehr direkte Frage.
Und sie verlangte eine ehrliche Antwort. „Für mich 50 zu 50."
Atanow nickte gedankenverloren. So sah er das auch.
Krüger war fair.
Er, Atanow, würde es auch sein. Spontan hielt er seinem Gegenüber die Hand hin.
„Geben Sie mir Ihre Hand drauf, dass wir weiterhin ehrliches Spiel spielen. Ich setze meine Soldatenehre dafür ein."
Dirk ergriff die Hand. „Auf meine Kinder und alles, was mir heilig ist. Ist Carlowa Sonja, oder ist sie's nicht? Ziehen wir's klar! Danach mag meinetwegen entschieden werden, was auch immer daraus werden soll! Sind Sie damit einverstanden?"
Atanow nickte und drückte Krügers Hand. „Jeder gibt auf seiner Seite das Beste. Zuerst gilt, was am 1. September 83 um die Maschine herum geschehen ist, besonders während und nach dem Absturz ..."
„Genau! Ich versuche dasselbe auf der japanischen und der koreanischen Seite. Danach kommt die Amnesie an die Reihe. Wir versuchen herauszufinden, ob es möglich ist, Gedächtnis und Muttersprache gleichzeitig zu verlieren ..."
„Da, Towarishch. Und dann kommt das Eigentliche: Carlowas Vergangenheit. Da wird es sich zeigen."

„Trinken wir einen zusammen, Atanow!"
Sie traten zusammen an die Bar.
Dirk hob sein Glas. „Trinken wir also zusammen auf die kleine Braut in der Schneekugel … weil sie's Ihnen so angetan hat! Prost."
„Za zdorovje! Auf die kleine Braut in der Schneekugel … auf dass sie glücklich wird."
Sie prosteten sich zu.
„Und jetzt," sagte Atanow, „trinken wir auf den armen Bräutigam in der Schneekugel … wer auch immer er ist …"
Krüger nickte und fügte nachdenklich hinzu: „ja … trinken wir … wer auch immer er ist … und auch auf den, der es … vielleicht … am Ende … nicht ist."

9. Kapitel. Moskau, Flughafen Moskau Domodedowo. 12. September 2003

„Was habt ihr beide ausgeheckt?" fragte Carlowa lächelnd, als Dirk und Jurij wieder bei ihnen ankamen.
Sie strahlte. Das war nicht zu übersehen und zwar so sehr, dass es Atanow ein wenig schmerzte.
Aber um nichts in der Welt hätte er dies jetzt ändern wollen.
Die drei hatten mit viel Lachen und Zeichensprache die Schneekugeln angeschaut, die Dirks Sohn Benny für sie mitgebracht hatte.
Atanow blickte Krüger an.
Zeit zur Wahrheit.
Die beiden Männer setzten sich.
„Wir haben's uns überlegt. Wir wollen wohl alle dasselbe," begann Dirk und räusperte sich. Atanow übersetzte für Carlowa.
„Jurij und ich haben beschlossen, Carlowa ihre Vergangenheit wiederzugeben. Wir werden das zusammen tun.
 Drei Ansatzpunkte.
  Punkt eins: der Flugzeugabsturz am 1. September 1983, bei dem Sonja offiziell ums Leben kam.
   Was geschah während desselben und danach?
   Gab es eine reelle Möglichkeit, zu überleben?
  Punkt zwei: Amnesie mit totalem Verlust der Muttersprache.
   Gibt es das? Wir wissen's noch nicht.
  Punkt drei: Carlowas reelle Vergangenheit. Wir werden in Svetlaya alles um- und ausgraben, was wir finden können, so auch in Gillenfeld."
Angelika blickte ihren Vater angstvoll an. „Dad. Was wird … ich meine … wenn es jetzt … wenn unsere Mam nicht unsere

Mam ist ... könnten wir dann nicht trotzdem ..."
Atanow hatte versucht zu übersetzen, aber Carlowa kam ihm zuvor. Sie schloss Angelika spontan in die Arme und drückte sie an sich.
„Ich verstehe," begann Benny zögerlich. „Solange wir nichts voneinander wussten, war jeder auf seiner Seite glücklich, oder zumindest zufrieden. Das ist in dem Moment anders geworden, als du Mam wiedergesehen hast. Und es ist jetzt nicht mehr rückgängig zu machen. Die Ungewissheit würde jeden von uns langsam kaputtmachen. Aber ich möchte einfach mal vorgreifen ... auch wenn es sich herausstellen sollte, dass du's nicht bist, Mam ... dann danke ich dir für diesen Moment, wo wir's glauben durften ... es war das Größte für mich."
Der sonst so erwachsene Benny kämpfte sichtlich mit den Tränen.
Atanow nickte anerkennend. Benny hatte in wenigen Worten die ganze Problematik erfasst.
„Herr Atanow und ich, waren von Anfang an ehrlich und offen in dieser Sache, und werden es auch weiterhin sein. Wir sind aber entschlossen, es durchzuziehen."
Atanow schüttelte den Kopf. „Nein! Nicht mehr Herr Atanow! Für dich und deine Kinder ... Jurij."
Damit hielt er Dirk die Hand hin.
„Für dich und Carlowa bin ich Dirk," und damit ergriff Dirk Atanows Hand.

10. Kapitel. Moskau, Hotel Oksana, Yaroslavstraße 15. 12. September 2003 spätabends

An diesem Abend klopfte es an Dirks Zimmer.
„Wer ist da?" fragte Dirk durch die geschlossene Tür.
„Ich bin´s, Benny," sagte draußen sein Sohn mit gedämpfter Stimme.
Dirk öffnete die Tür und ließ ihn herein. Benny konnte wohl auch heute Nacht nicht schlafen.
„Willst du reden?" fragte er und lächelte Benny an.
Aber Benny lächelte nicht zurück.
Dirk stellte ihm einen Stuhl hin.
„Paps … ich weiß nicht, wie ich dir´s sagen soll … aber irgendetwas stimmt hier nicht."
„Natürlich stimmt nichts mehr. Hinten und vorne nicht. Aber ich kann´s nicht ändern. Mich hat es genauso getroffen wie euch …"
„Nein, nein … das meine ich nicht," Benny schüttelte den Kopf. „Ich weiß selbst, dass jetzt alles Kopf steht … aber Dad ,,, ich … hab´ was gemerkt … und, weißt du was ich glaube? Sie ist unsere Mam … und sie weiß es."
Benny blickte seinem Vater geradewegs in die Augen.
Dirk erschrak. „Wie kommst du darauf?"
„Mam verstellt sich … und sie tut es gut."
„Sie … verstellt sich? … Benny, **was** hast du gesehen?"
Dirk machte eine abwehrende Bewegung mit beiden Händen.
„Ihr Mann, Atanow, scheint keine Ahnung zu haben, so wie ich das sehe. Aber Mam hat sich verraten, denke ich … nein, ich bin mir dessen sicher."
Dirk blickte verzweifelt an die Decke. „Quälst du mich jetzt absichtlich? Herrgott! Was hast du gesehen? Was ist mit ihr?"

Benny brauchte einen Moment und betrachtete nachdenklich seine Fingernägel. „Die Schneekugeln," sagte er leise.
„Welche Schneekugeln?"
„Die Schneekugeln, die ich mitgebracht hab´."
„Was ist damit?"
„Eine hat gefehlt."
Dirk blickte seinen Sohn verständnislos an. „Eine hat gefehlt? Na gut, ich hab´ nicht so genau hingesehen ... welche denn?"
„Die ganz kleine ... erinnerst du dich? Die Nilpferdkugel. Die mit dem lustigen Schneemann drin. Du hattest sie mir damals heimlich gekauft, damit ich sie Mam zum Geburtstag schenke. Ich hatte noch ein Bild von Mam gemalt, das wir von unten her in den hohlen Sockel klebten, weißt du das noch?"
Benny lachte wehmütig auf, „... mit meinen fünf Jahren konnte ich noch nicht richtig malen. Mam hat auf der Zeichnung ausgesehen wie ein Nilpferd. Trotzdem hat Mam die Kugel und die kleine Zeichnung wunderschön gefunden ... sie hat jedem die Nilpferdkugel gezeigt ..."
Dirk nickte. „Das weiß ich noch, wie wenn es gestern gewesen wäre ... es war ihre Lieblingskugel ... und du hast sie nicht mitgebracht?"
„Doch! Mitgebracht hab´ ich sie schon ... nur gegeben hab´ ich sie ihr noch nicht. Ich hatte sie gesondert eingepackt und wollte sie ihr extra noch einmal schenken ... aber dann ... hab´ ich gezögert."
„Wieso? Wieso hast du gezögert?"
„Ich sag´s dir. Hör mir genau zu, Dad. Als wir die Schneekugeln ausgepackt haben, war sie ganz verzückt. Sie hat sich richtig gefreut ... sie hat sogar feuchte Augen bekommen ..."
Dirk zuckte mit den Schultern. „Soweit bin ich auch."
„Und dann hat sie gemerkt, dass die Nilpferdkugel nicht mit dabei war ... oh, sie hat sich nichts anmerken lassen ... nicht die kleinste Unsicherheit ... aber ich hab´ genau aufgepasst ..."
Benny blickte Dirk durchdringend an „... der Rest vom Geschenkpapier war ziemlich zerknüllt ... eine normale

Schneekugel hätte da nicht mehr drin sein können … aber die kleine Nilpferdkugel schon … Dad, sie hat unauffällig das restliche Geschenkpapier ganz auseinandergefaltet …" Benny schlug die Hände vors Gesicht „sie hat nachgesehen, Dad … sie hat heimlich gesucht ob sie nicht drin ist."
Dirk saß da, wie erstarrt.
„Wieso tut sie das?" schluchzte Benny, das Gesicht in die Hände vergraben.
Bei Dirk siegte die Vernunft. „Ruhig Blut, Junge," sagte er und legte ihm die Hand auf die Schulter. „Du siehst Gespenster. Das ist purer Zufall gewesen. Frauen sind von Natur aus neugierig … deshalb mögen wir sie ja so sehr. Jede Frau macht das Geschenkpapier ganz auf. Das ist so eine Wesensart von ihnen. Überleg' doch mal … damals, vor 20 Jahren, saß deine Mutter in einem Flugzeug mit fast 300 Leuten an Bord. Das Flugzeug wurde in 10.000 Metern Höhe von einer russischen Rakete getroffen. Für mich ist es, wie das 8. Weltwunder, dass sie irgendwie überlebt haben könnte. Und jetzt kommst du mit Gespenstergeschichten … entschuldige, Benny, aber ich denke wir sollten alle mal eine Nacht drüber schlafen. Was …?" Dirk stockte.
Ihm kam plötzlich ein Gedanke.
Glaubte er selbst, was er jetzt hier sagte? Denn … was wäre, wenn? Die Karre war schon so verfahren, warum dann eigentlich nicht das Unwahrscheinliche mit dem Unwahrscheinlichen konfrontieren? Könnte es sein, dass, genau wie in der Mathematik, zwei Minus auf einmal ein Plus ergeben? Es war verrückt, aber...
„Du hast die Nilpferdkugel bei dir?"
Benny nickte. Dirk blickte ihn an.
„Jetzt im Ernst, wie sicher bist du dir bei dieser Geschichte?"
Benny ließ die ganze Szenerie noch einmal vor seinem inneren Auge ablaufen. Dann nickte er. „Verdammt sicher, Dad … verdammt sicher."
„Okay. Ich, für mein Teil, glaube, dass dir die Fantasie einen Streich gespielt hat … aber das tut nichts zur Sache. Wir sind

nicht in der Position, noch weiter mit Mutmaßungen herum zu eiern."
„Was hast du vor, Dad?"
„Nun ja ... wenn wir das klarstellen wollten, müsste es unauffällig sein. Wenn du ihr die Nilpferdkugel schenkst ... und es ist so, wie du sagst ..." Dirk blickte verzweifelt zur Decke „mein Gott! Ich muss verrückt sein, sowas überhaupt mitzumachen ..."
„Dad, weiter im Text ... an was hast du gedacht?"
„Also, noch einmal ... rein hypothetisch ... wenn du sie ihr schenkst, und es ist so, dann wird sie sie umdrehen, um zu sehen, ob das Nilpferd noch im Sockel ist ..."
„Und wenn nicht?"
„Oh doch, mein Junge, das wird sie. Das kannst du mir glauben! Ich meine, sie wird nicht einfach hineinblicken. Sie wird sie wahrscheinlich schütteln und gleichzeitig reinkucken ... oder sowas in der Art ... am ehesten, wenn sie sich einen Moment lang unbeobachtet fühlt."
„Und wie stellen wir es an, dass wir das mitbekommen?"
Dirk überlegte angestrengt. Vom Prinzip her, stimmte es, aber die praktische Umsetzung war viel komplizierter.
„Also ... so sehr mir das auch widerstrebt, Benny, wir werden eine unschöne Inszenierung machen müssen, wobei wir Angelika als Hauptperson brauchen. Ich sehe im Moment keine andere Möglichkeit. Geh bitte mal schauen, ob sie noch wach ist."
Benny erhob sich und ging hinaus, um Angelikas Zimmer aufzusuchen.
Dirk blieb in Gedanken zurück. Er würde in dieser kurzen Zeitspanne Atanow gegenüber nicht mehr mit offenen Karten spielen können. Er würde ihn später einweihen. Andererseits ... wenn Benny sich nicht geirrt hatte ... bekam die ganze Geschichte hier ein völlig neues Gesicht. Er wagte im Moment nicht, daran zu denken ... aber wenn es so wäre ... Mann! ..."
Benny kam mit Angelika zur Tür herein. Sie war schon im Schlafanzug.

„Was ist los, Dad? Benny sagt, du willst mit mir reden."
Dirk nickte. „In der Tat … und es wird dir nicht gefallen, was du gleich hören wirst."
Angelika setzte sich.
„Benny," begann Dirk, „glaubt, etwas beobachtet zu haben. Ich halte es nicht für wahr … aber, weder ich noch er, können uns ganz sicher sein. Ich fürchte, wir müssen das nachprüfen."
„Was hast du gesehen, Benny?"
Benny hob beide Hände. „Also, was immer du auch jetzt glaubst, ich bin mir meiner Sache sicher. Du darfst aber nicht durchdrehen. Also … ich hab' heute Nachmittag was bemerkt, das mich zur Überzeugung gebracht hat: Sie ist unsere Mam … und sie weiß es."
Angelika erschrak sichtlich.
„Lass es mich erklären. Du warst ja dabei. Die Nilpferdkugel … wir haben sie nicht mit den anderen eingepackt, das weißt du."
„Ja, du wolltest sie ihr einzeln schenken."
„Sie war Mam's Lieblingskugel … aber sie ist viel kleiner als die anderen aus der Sammlung. Als wir heute Nachmittag die Schneekugeln ausgepackt haben … du weißt, wie Mam sich gefreut hat … nur, das Geschenkpapier war noch an zwei Stellen zerknüllt, da war keine Schneekugel mehr drin … aber die kleine Nilpferdkugel hätte da drin sein können, die ist ja viel kleiner. Das wär's also gewesen. Dann hab' ich gesehen, wie Mam ganz unauffällig den Rest vom Geschenkpapier auch noch auseinanderfaltete … da fiel es mir auf. Angelika … sie hat die Nilpferdkugel gesucht."
Angelika schaute ihren Bruder entgeistert an. „Du spinnst."
„Unsere Mam weiß genau, wer wir sind … und sie verstellt sich, sage ich dir. Ich irre mich nicht."
„A … aber … das hält doch hinten und vorne nicht," rief Angelika, „Mam würde so etwas nie tun. Du bist irre! Das ist Blödsinn!"
„Das ist auch das, was ich glaube," sagte Dirk, „aber es hilft uns nicht weiter und … ob wir's glauben oder nicht, es ist hier

und jetzt kein Spielraum mehr für Spekulationen oder falsches Vertrauen. Wir müssen das überprüfen, was Benny gesehen hat … es würde mich umhauen, ja … aber drum rum kommen wir nicht. Benny, hol' doch mal die Kugel, bitte. Ich habe euch einen Vorschlag zu machen. Angelika, du bist die einzige, die uns dabei helfen kann."
„Und was soll ich deiner Meinung nach tun," fragte sie wütend.
„Wir werden in dieser Sache einen zweiten Versuch wagen, aber einen, der diesmal aussagekräftiger ausfallen wird. Hör mir mal zu. Da Benny und ich über das Nilpferdportrait im Sockel der Kugel Bescheid wissen, können wir's nicht machen. Es wäre zu auffällig. Du warst, als sie offiziell starb, gerade mal zwei Jahre alt. Für dich hatte also die Kugel, wenn überhaupt, viel weniger Bedeutung, als für Benny. Wir werden die Kugel präparieren und du wirst sie ihr geben. Benny und ich werden nicht dabei sein …"
„Nein! Da mach' ich nicht mit. Auf gar keinen Fall," sagte Angelika entschieden.
Dirk nickte, als wenn er's nicht anders erwartet hätte. „Ich gestehe es dir zu. Aber hör dir erst mal meine Argumente an. Danach kannst du dich immer noch entscheiden."
Benny kam mit dem Geschenk wieder zur Tür herein. Er hatte Dirks Zimmerschlüssel mitgenommen um von außen wieder öffnen zu können.
„Hier ist sie."
Dirk öffnete ganz vorsichtig das Päckchen, damit das Klebeband so wenig wie möglich Schaden am Papier anrichtete.
Ihm wurde schon wieder ganz schwer ums Herz, als er unten im Sockel das kleine Nilpferdportrait entdeckte, das Benny damals als Fünfjähriger mit viel Mühe für seine Mam gemalt hatte.
„Was hast du vor, Dad?"
„Mein Plan sieht, grob umrissen, folgendermaßen aus: Benny und ich, wir beide, fahren morgen zum Serbski-Wissenschafts-Institut, dem Zentrum für Sozial- und Gerichtspsychiatrie, hier in Moskau. Wir beide sind also gar nicht da. Angelika muss das

im Alleingang tun …"
„Aber Dad, ich habe dir doch gesagt, ich mache da nicht mit …"
„Es bleibt leider kein Platz mehr für Gefühle, und es spielt auch keine Rolle mehr, wer hier jetzt was glaubt oder nicht glaubt. Wir müssen sicher sein … um jeden Preis. Ich sag' euch auch warum. Wenn Carlowa nicht Sonja ist, haben wir lediglich eine Unsicherheit aus der Welt geschafft. Dasselbe gilt auch für den Fall, dass sie eure Mam ist, und sich an nichts mehr erinnern kann. Wir richten also keinen Schaden an und machen weiter wie geplant. Wenn sie aber eure Mam ist … wenn sie uns kennt und sich verstellt, dann ist sie in ihrer Vergangenheit in etwas ganz Schlimmes hineingeraten wovor sie sich schützen muss. In dem Fall braucht sie all unsere Liebe, unsere Hilfe und unser Verständnis um da wieder heil rauszukommen … irgendetwas Furchtbares ist ihr dann widerfahren … nur, **wenn** das so ist, dann kann sie auf uns zählen … und das felsenfest. Sagt mir, ob ihr auch dieser Meinung seid."
Benny nickte. „Gar keine Frage!"
Angelika biss sich auf die Lippen. „Bin dabei, Dad! Für Mam!"
„Also, hier mein Vorschlag: Ich löse das Portrait aus dem Sockel der Schneekugel. Warum? Nun, jeder kann einen Blick hineinwerfen … zufällig? … gewollt? … das ist schwer zu unterscheiden. Jeder kann auch ein fixiertes Bild darin entdecken … wieder Zufall? Wissen wir nicht, denn das ist ebenso schwer zu erkennen. Was aber, wenn … und in diesem Punkt unterscheidet sich eure Mam von allen anderen … wenn diejenige, etwas unauffällig überprüft, und es ist nicht mehr da? Nur eure Mam weiß, dass es drin war und nur sie kann merken dass es jetzt im Sockel fehlt. Haben wir es rausgenommen? Ist es rausgefallen? Jetzt? … oder schon vor Jahren? … oder hat es sich gelöst, als ihr beide die Schneekugel als Geschenk eingepackt habt? … sie wird einen unauffälligen Blick ins Geschenkpapier werfen und … oh Wunder! …da liegt das kleine Bild. Es ist rausgefallen (weil wir heute Abend das abgelöste Bild, zusammen mit der Schneekugel, wieder ins

Geschenkpapier einwickeln werden). Was wird sie jetzt tun? Eure Mam ist nicht dumm. Wird sie das Bild wieder im Sockel anbringen? Nein, auf keinen Fall. Wird sie sagen ...<oh, hier ist was rausgefallen> und wird sie es an sich nehmen? Auch nicht. Denn damit würde sie Gefahr laufen, sich zu verraten, sogar bei Angelika. Nein, sie wird kein Wort darüber verlieren und die Kugel wieder sorgsam ins Geschenkpapier einwickeln um sie mit nachhause zu nehmen. Dabei wird sie heimlich darauf achten, dass das kleine, so kostbare Bild auch mit drin ist.

Aber genau in diesem Moment passiert ein „Zufall" (den wir vorbereitet haben). Angelika hat an diesem Morgen eine kleine gefütterte Schachtel gekauft, weil das Geschenkpapier so dünn und nicht sicher genug ist. Sie möchte es wegwerfen und die Kugel ihrer Mam in der geschützten Schachtel mitgeben. Was passiert? Die kleine Nilpferdzeichnung läuft Gefahr, mitsamt dem Geschenkpapier einfach weggeworfen zu werden. Das ist der Moment wo eure Mam reagieren muss. Wenn du recht hast, Benny ... dann muss sie sich in dem kurzen Augenblick schnell was einfallen lassen, um das Geschenkpapier mitsamt dem Bild zu behalten. Und genau damit wird sie sich verraten. An dem Versuch, das Geschenkpapier zu retten, werden wir sie erkennen ..." Dirk blickte einen Moment zu Boden „... wenn es denn so sein sollte."

„Das ... ist aber kein sehr sicherer Plan," bemerkte Angelika zögernd.

„Ich weiß. Aber es ist das Beste, was mir im Moment eingefallen ist. Und es kommt auf dein Fingerspitzengefühl an. Wir wollten morgen alle zusammen essen gehen, wie ihr wisst. Du wirst dich also mit deiner Mam um zehn Uhr treffen, wie vereinbart. Benny und ich werden später dazustoßen, wenn wir aus dem Serbski-Institut zurück sind. Vielleicht kann ich Atanow ja überreden, uns zu begleiten, dann bist du mit deiner Mam allein. Vorher kaufen wir noch eine kleine Schachtel, passend zur Nilpferdkugel. Was sagt ihr dazu?"

„Für mich okay. Aber ich kann nicht mit, Dad, ich muss mich um unseren Rückflug kümmern," sagte Benny.

Angelika blickte ihren Bruder an. „Gut! Aber, wenn du recht hast, dann wird noch Manches auf uns zukommen. Dann müssen wir gut sein … sehr gut. Mein Gott, ich hoffe du hast dich geirrt."

11. Kapitel. Moskau, Serbski-Wissenschaftszentrum für Sozial- und Gerichtspsychiatrie
Kropotkinskiy-Straße 23, im Zentrum Moskaus. 13. September 2003.

Das Serbski-Institut, das führende Wissenschaftszentrum für forensische Psychiatrie, das 1921 von Wladimir Petrowitsch Serbski gegründet wurde, ist ein einfacher grauer kastenmäßiger Bau mitten in Moskau und wirkt nach außen hin etwas veraltet. Obwohl führend, genießt es keinen allzu guten Ruf in der westlichen Welt, besonders nachdem die bekannte Journalistin und Regimekritikerin Anna Politowskaja bekannt gab, dass zu Sowjet-Zeiten manch dissidente Studenten hier einfach für verrückt erklärt wurden, und so schadlos aus dem Verkehr gezogen werden konnten.
Aber das Institut verfügte über wertvolle Erkenntnisse über Psychosen, Alkohol- und Drogenkonsumproblematik, die Dirk Krüger eventuell die Antworten zu geben vermochten, nach denen er suchte.
Dirk hatte Jurij angerufen und der hatte sich sofort bereit erklärt, ihn zu begleiten, denn heute war Samstag und er hatte frei.
Die Armeelimousine, mit der sie vor dem Gebäude vorfuhren, machte jedoch keinen besonderen Eindruck auf die Passanten ringsum. Hier war man sicherlich so einiges gewohnt, was Armee und Regierung anbelangte.
Im Gebäude selbst, wurden sie dagegen vorrangig behandelt. Dazu trugen sicherlich Jurijs Uniform und seine Rangabzeichen bei.
Die aparte junge Dame hinter dem Empfangspult, das mit

Panzerglas abgeschirmt war, führte ein kurzes Telefonat und informierte Jurij, dass Professor Doktor Alexej Grigorjew für sie zu sprechen wäre.
Statt sich zu bedanken, nickte Jurij nur kurz. Das war hier in Moskau so üblich.
Zehn Sekunden später erschien ein athletischer Krankenpfleger, der sie durch Gebäude geleitete.
Wenn auch die erste Tür im Empfangsraum noch aus schwerem Glas bestand, dann war das wohl nur, um den Besuchern ein offizielles Aussehen zu vermitteln. Die nächsten Türen waren nämlich aus Stahl, mit einem kleinen Fenster in Augenhöhe.
Der Pfleger schloss jede Tür auf und wieder gewissenhaft hinter ihnen ab, so dass sich Dirk immer mehr wie in einem modernen Gefängnis vorkam, statt in einer Psychiatrie.
Aber der Weg war nur kurz. Nach der fünften Stahltür hatten sie das Büro von Professor Grigorjew erreicht.
Der Pfleger klopfte an und gab ihnen den Vortritt. Dann zog er die Tür von außen zu.
„Dobryy den', gospoda. YA Alexej Grigorjew, a vot i moy pomoshchnik Artjom Timofejew. K chemu ya obyazan chesti vashego vizita? (Guten Tag. meine Herren. Ich bin Alexej Grigorjew, und hier ist mein Assistent Artjom Timofejew. Was verschafft mir die Ehre Ihres Besuches?)"
Professor Doktor Grigorjew sah aus wie ein in Ehren ergrauter Universitätsprofessor. Nur, wie bei vielen Russen, konnte sein würdevolles Aussehen eine gewisse bäuerliche Herkunft nicht ganz verleugnen. Er war etwas beleibt, hatte dichtes graues Haar und trug einen kurz gestutzten Vollbart.
Doktor Timofejew, dagegen, wirkte hager und war etwas kleiner von Gestalt. Er sah fast aus, wie das Gegenteil von Grigorjew, hatte eine Spiegelglatze und ein glattrasiertes asketisches Gesicht.
Athanow gab beiden die Hand. „YA general-polkovnik Jurij Atanow. Eto Doktor Kryuger iz Germanii. (Ich bin General-Oberst Jurij Atanow, das hier ist Doktor Krüger aus Deutschland) YA perevedu razgovor dlya nego. (Ich werde

unser Gespräch für ihn übersetzen)"
„Ooh, das wird nicht nötig sein," sagte Grigorjew leutselig auf Deutsch. „Artjom und ich waren drei Jahre lang mit einer Ärztegruppe an einem Projekt der Poliklinik für Psychiatrie und Psychotherapie der Universität Leipzig beteiligt. Wir können uns problemlos in Deutsch unterhalten."
Grigorjew schaute Dirk prüfend an. „Doktor Krüger … das sagt mir was, Moment …sind Sie etwa **der** Doktor Krüger, mit dessen Hilfe unsere so gehasste Zeitschrift Nowaja Gaseta 1993 die Informationen zusammentrug, wie man hierzulande problemlos die Elemente zum Bau einer Atombombe beschaffen kann, und die das dann auch getan hat?"
Dirk lächelte. „Das war von meiner Seite aus ungewollt, glauben Sie mir. Man hat lediglich meine Arbeiten genau studiert. Von Hilfe konnte da keine Rede sein."
„Wie dem auch sei. Sie sind hierzulande in Fachkreisen kein Unbekannter. Ich, für meinen Teil, achte die Nowaja Gaseta. Sie ist eine bittere Notwendigkeit in unserem System. Ja, ich achte sie, obwohl ihre kühnste Journalistin Anna Politowskaja nicht gut auf unser Institut hier zu sprechen ist. Sie hat sich mächtige Feinde gemacht und lebt gefährlich. Aber wir schweifen ab und Ihre Zeit ist sicher knapp bemessen. Worin besteht der Zweck Ihres Besuches?" Grigorjew lächelte verbindlich.
Auch Timofejew brachte ein kurzes Lächeln zustande.

<small>Anmerkung des Autors: Die Journalistin Anna Politowskaja wurde drei Jahre später, im Oktober 2006, in ihrer Wohnung in Moskau ermordet.</small>

Atanow begann vorsichtig. „Wir wollten von Ihnen wissen, ob es möglich ist, dass bei einer Person ein Amnesiefall auftreten kann, bei dem der Verlust der Muttersprache …"
„Tüt, tüt, tüt …" wehrte Grigorjew ab. „Möglich ist alles, wenn man es nicht will. Und nichts funktioniert, wenn man es möchte. So ist das in der Psychiatrie, meine Herren. Sie reden von einem sehr konkreten Fall, Generaloberst. Schildern Sie mir diesen Fall und wir werden Ihnen sagen, um wieviel er in

den Bereich des Möglichen eindringt."
Atanow nickte und senkte den Kopf. „Eine Frau, eine Russin, wurde hier in Moskau wiedererkannt als eine Frau, die vor zwanzig Jahren in einem Flugzeugabsturz ums Leben kam …"
Grigorjew blickte ihn von unten her an und unterbrach ihn. „Eine Frau? Eine, die Ihnen nahesteht … Ihre Frau?"
Atanow schloss einen Moment die Augen. „Ja."
Grigorjew blickte Dirk an. „Und derjenige, der sie wiedererkannt hat … sind Sie das etwa, Doktor Krüger?"
Kein Zweifel, Grigorjew war ein sehr fähiger Mann und ein guter Menschenkenner.
Dirk schilderte seine Begegnung mit Carlowa, ihre Vorliebe für Schneekugeln, den Flugzeugabsturz über Sachalin, alles, was er bis jetzt darüber wusste. Nur die Beobachtung von Benny verschwieg er vorsorglich.
Dann war Atanow an der Reihe. Er schilderte seine Ehe und das, was er von Carlowas Leben als Fischermädchen wusste. Auch, dass sie sich in keiner Weise an ein früheres Leben in Deutschland zu erinnern vermochte.
Zum Schluss stand die Frage eindeutig im Raum. Ist es möglich, dass man das komplette Gedächtnis mitsamt der Muttersprache verlieren, danach aber wieder ein völlig normales Leben beginnen kann?
Einige Zeit war es still zwischen den Männern.
„Hulaa," sagte Grigorjew, „retrograde Amnesie, und das ohne anterograde Symptome als Begleiterscheinung …" er blickte Timofejew an. „Was sagst du, Artjom?"
Timofejew nickte ernst. „Das Wernicke – Korsakow – Syndrom, ja … höchst sonderbar … aber nein, eigentlich so nicht vorstellbar nach unseren bisherigen Erkenntnissen."
Grigorjew blickte Jurij an. „Schildern Sie mir Ihre Frau, Generaloberst! Hat sie sonstige Gedächtnisstörungen oder Schwächen? Vergisst sie schnell etwas?"
„Nein, überhaupt nicht, Professor. Ich habe nie dergleichen bemerkt."
„Zeigt sie bisweilen starke Ermüdungen, Bewegungsarmut oder

etwa starke Gefühlsschwankungen, Euphorie ohne ersichtlichen Grund?"
Atanow schüttelte den Kopf. „Nichts dergleichen. Sie ist ein sehr ausgeglichener normaler Mensch. Sie freut sich manchmal außerordentlich, aber nie ohne Grund."
„Wie steht's mit Kälte-Empfindungen, Blässe der Haut?"
„Sie mag keine Kälte und leidet sehr unter kalten Füßen. Ihre Haut ist zwar hell ... aber übermäßig blass? Nein, das möchte ich nicht behaupten."
Grigorjew wiegte unsicher den Kopf hin und her. „Trinkt Ihre Frau, Generaloberst?"
Atanow wurde wütend, beherrschte sich aber. „Keinen Tropfen, Professor."
Grigorjew hatte es bemerkt. „Sie werden verstehen, warum ich diese Frage stelle, Herr Atanow."
Dann nahm er einmal tief Luft.
„Das, was sie uns hier schildern, meine Herren, ist so nicht möglich. Oder besser gesagt: so noch nie festgestellt worden. Der Verlust der Muttersprache, mitsamt allen Erinnerungen vor einem gewissen Moment, ohne Verlust der Motorik, die ja auch zum größten Teil vom Gehirn aus gesteuert wird ... und dann, nach diesem Moment: einwandfreie Funktion aller Gehirntätigkeiten? Ohne Begleitsymptome? Das gibt es nicht. Jedenfalls nicht so, wie Sie es uns hier geschildert haben. Das Wernicke-Korsakow-Syndrom, das mein Kollege Artjom vorhin erwähnt hat, kann in der Tat, zu einer retrograden Amnesie bis hin zum Verlust der Muttersprache führen, ja. Vor über hundert Jahren, etwa um 1890 wurde von Sergej Korsakow ein polyneuritisches amnestisches Syndrom bei Alkoholkranken festgestellt, das sowohl das Wegfallen aller Gedächtnisinhalte, sowie die Schwierigkeit, sich neu Erlebtes zu merken, hervorrief. Die Wernicke Enzephalopathie ihrerseits beschreibt das gleiche Krankheitsbild, ebenfalls bei Alkoholkranken.
Zusammengefasst bedeutet das, sehr ernste Veränderungen im zentralen Nervensystem, hämorrhagische Schäden in der grauen

Substanz der Corpora Mamillaria.
Die Ursache? Fehlernährung, wie bei Alkoholikern, die ihren Kalorienbedarf überwiegend mit Alkohol decken. Hierdurch entsteht im Körper akuter Thiaminmangel, den Europäern bekannt als Vitamin B1. Kennzeichnend sind punktförmige Blutungen und Wucherungen der Gefäßwandzellen ohne entzündliche Infiltrationen, beispielsweise im Aquaeductus mesencephali zwischen dem dritten und vierten Ventrikel. Die entstandenen Schäden sind irreparabel.
Kurz gesagt: Nehmen wir mal ihre Frau, die den Flugzeugabsturz miterlebt hat. Sie hatte wie durch ein Wunder überlebt. Da kann alles Mögliche passiert sein, von Verletzungen bis zum Gehirn- oder Schädeltrauma. Ein totaler Gedächtnisverlust wäre durchaus denkbar. Die Muttersprache bliebe jedoch in jedem Fall erhalten. Das Flugzeug stürzte ins Meer, hatten Sie gesagt. Die Kälte … das Wasser, wie wurde sie gerettet? Das sind alles Faktoren, die mitspielen dürften … aber dennoch …" Grigorjew schüttelte langsam den Kopf.
Timofejew fuhr hoch und schnippte mit den Fingern. „Die Fische!"
Grigorjew blickte ihn an. „Die Fische?"
„Ja. Die Fische … einseitige Proteinernährung! Eine mögliche Variante, Professor. Die Frau, von der wir reden, wurde, laut Generaloberst Atanow, nicht von den offiziellen Hilfskräften aus dem Wasser geborgen, sondern von einem Fischkutter, der zufällig in der Nähe war. Nehmen wir weiterhin an, der Fischer rettete die schwerverletzte Frau aus dem Wasser … er nimmt sie mit, versteckt sie vor der Polizei und dem Militär und pflegt sie gesund. Als Europäerin ist sie jedoch die einseitige Fischernährung nicht gewohnt. Ihr traumatisierter Körper leidet unter Vitaminmangel, darunter vor allem an Vitamin B1, anThiamin…"
„Genau!" warf Grigorjew ein. „Der Fischer könnte irgendwann gemerkt haben, dass es der Frau immer schlechter ging. Er zog möglicherweise Arzt zu Rate, der ausgewogene Ernährung empfahl, und es ging ihr nach und nach besser. Die Schäden im

Gehirn sind jedoch geblieben. In dem Fall wird sie ihre Muttersprache wieder mühselig erlernen müssen. Wann, sagten Sie, Generaloberst, haben Sie Ihre Frau kennengelernt?"
„Vor zwölf Jahren, auf dem Fischmarkt in Aniva auf Sakhalin."
„Hmm … acht Jahre nach dem vermeintlichen Zwischenfall. Und sie wirkte völlig normal?"
„Professor. Ich habe mich in sie verliebt."
„Gut, das sagt mir genug, Generaloberst. Also, meine Herren. Das, was wir Ihnen jetzt mitgeteilt haben, ist natürlich blanke Theorie, aber wir befinden uns zu einem gewissen Teil im Bereich des Möglichen. Von einer Therapie ist jedoch noch gar keine Rede. Wenn Sie ihrer Frau helfen wollen, dann graben Sie ihre Vergangenheit aus. Hier befinden sich die besten Hilfsmittel zur Genesung einer Amnesie. Denn, im Gegensatz zum Wernicke-Korsakow-Syndrom, kann der einfache Gedächtnisverlust durch eine Schlüsselerinnerung wieder rückgängig gemacht werden. Nur … Deutsch wird sie wieder von sich aus lernen müssen. Da kommt sie nicht drum rum."
Grigorjew blickte die beiden Männer an. „Bemerkenswert, dass ihr beide das hier zusammen tut. Im Normalfall müsstet ihr die erbittertsten Feinde sein."
Dirk lächelte. „Sind wir aber nicht."
Grigorjew blickte ihm direkt in die Augen, „Noch nicht," sagte er.
Dann geleitete er die beiden zur Tür.
An der Tür hielt er sie nochmal zurück.
Er schien nicht recht zu wissen ob er noch was sagen sollte oder nicht.
Aber dann entschied er sich.
„Ich muss Ihnen noch etwas Anderes zu dem Fall von damals sagen. An der Fundstelle … es lief bei weitem nicht so wie man es sich hätte wünschen können. Wir bekamen fast 30 Soldaten von den damaligen Hilfskräften hierher in Behandlung. Ich will damit sagen : Ihre Frau hatte großes Glück, Generaloberst, passen Sie gut auf sie auf."

12. Kapitel. Moskau, Ein kleines Straßencafé vor einem der modernen Gebäude des Novy Arbat.
13.September 2003

Angelika war nervös.
Der, ach so geniale Plan, den ihr Vater gestern ersonnen hatte, bröckelte unter den ungünstigen Verhältnissen der realen Wirklichkeit erbarmungslos auseinander.
Das kleine Café saß gerammelt voller Russen.
Die kleinen runden Tische standen so nah zusammen, dass man Mühe hatte, die schmalen Stühle dazwischen zu stellen.
Man musste sich rücksichtslos hindurchquetschen um überhaupt einen Platz zu bekommen.
Sie hatte jetzt schon dem dritten Russen lautstark klarzumachen versucht, dass der leere Stuhl vor ihr nicht frei, sondern für ihre Mutter gedacht war.
Auf den winzigen Tischen, neben der Getränke- und Speisekarte, war kaum genug Platz, die Bestellung hinzustellen, geschweige denn, ein Päckchen aufzumachen.
Sie konnte kein Russisch. Wie würde sie Ihrer Mutter klarmachen, dass sie das Geschenkpapier wegwerfen wollte?
Oh, Mann.
Plötzlich spürte sie, wie jemand einen Kuss auf ihren Hinterkopf drückte.
Verwundert drehte sie sich um, da wurde sie von Carlowa schon lachend in die Arme genommen.
„Dobryy den', doch'. YA nemnogo opozdal." Ihre Mam lächelte etwas entschuldigend.
„Schön, Mam, dass du da bist. Du siehst wunderbar aus."
Carlowa setzte sich und blickte sie lächelnd an. „Mam?" sie zeigte mit dem Finger auf sich.
„Ja, du bist meine Mam. Gar kein Zweifel."

Carlowa lachte glockenhell. „Mam … Mat?" Sie zeigte wieder auf sich selbst. „Mat?"
„Wenn Mat Mutter heißt, dann stimmt es. Dann bist du Mat." Carlowa zeigte auf Angelika.
„Ich bin deine Tochter."
„Angelika? Doch'?" Beide Frauen lachten.
Angelika wurde ernst. „Mam, ich habe dir noch ein Geschenk mitgebracht. Es ist von Benny. Er wollte es dir selbst geben, aber er kommt etwas später."
„Benni?" fragte Carlowa.
„Ja, von Benny. Hier ist es! Für dich." Angelika zog das kleine Paket aus ihrer Handtasche und gab es ihr.
„Podarok? Podarok dlya menya?" fragte Carlowa und hob die Augenbrauen.
„Hier Mam. Von Benny. Für dich."
„Spasibo," bedankte sich Carlowa und öffnete vorsichtig das Päckchen.
Angelika bemerkte, dass Carlowa etwas blass wurde, als die kleine Nilpferdkugel zum Vorschein kam. „Oo, krasivyy Snezhnyy shar!" sagte sie leise. Ihre Stimme zitterte leicht. „O zdes' chto-to upalo vniz!" Sie bückte sich und hob das kleine Nilpferdbild auf, das soeben runtergefallen war.
Warum verstehe ich kein Russisch, dachte Angelika verzweifelt.
„Das hat Benny gemalt," sagte sie, weil ihr nichts Anderes mehr einfiel.
„Prinadlezhyt? K Snezhnom share?"
„Mam, ich verstehe kein Russisch," sagte Angelika und war den Tränen nahe. „Behalt das Bild, es ist für dich. Benny hat es dir gemalt, als kleiner Junge … ich weiß nicht, was ich noch sagen soll."
Carlowa streichelte mitfühlend ihre Hand als Angelika die Tränen über die Wangen herunterliefen.
„Vy ne dolzhny plakat', Anzhelika, eto vse v poryadke."
„Was ist denn hier los?" fragte Benny. „Morgen, Mam, wie geht's dir? Was hat Angelika?" Er gab seiner Mam einen Kuss

auf die Wange.
„Dobroye utro, YA ne znayu, pochemu Anzhelika plakat', Benni."
Benny schüttelte den Kopf.
„Lass das Russisch, Mam. Ich weiß, dass du mich verstehst. Habt ihr euch schon was zu trinken bestellt? Mam, ich lade dich ein. Ich nehme einen Kaffee."
„Cofe?" fragte Carlowa.
„Ja, Cofe. Und du Angelika?"
„Ich nehme ein Sprudelwasser."
Benny verdrehte die Augen gegen Himmel. „Herrgott, Angelika, wie soll ich dir denn hier ein Sprudelwasser bestellen?"
„Dann nehm' ich eine Cola," meinte Angelika trotzig.
„Koka-kolu?" fragte Carlowa und lächelte.
„Ulkig, Mam, wie du Coca-Cola nennst. Und was nimmst du?"
„YA khochu romashkovyy chay, Benni."
"Was?"
"Romashka chay."
Benni winkte einem Mädel, das geschäftig herumwuselte.
„Cofe. Koka-kolu. Romashka chay, was immer das auch ist."
Das Mädel nickte, ohne auch nur eine Miene zu verziehen. Freundlichkeit war hier wohl ein Fremdwort. „Moloki i sakhar?" fragte sie.
Benny blickte auf.
„Da," sagte Carlowa an seiner Stelle, und das Mädel verschwand.
„Was hat sie gefragt, Mam?"
Carlowa lächelte. „Cofe … Moloki, Sakhar."
„Ach so, Kaffee, Milch und Zucker. Gar nicht so weit entfernt vom Deutschen, das Russische." Benny lächelte auch. „Du gibst dir viel Mühe, dich zu verstellen, Mam, aber das tut mir nur weh. Wieso tust du das?"
„Ty mne nravish'sya, no ya was ne ponimayu," Carlowa lächelte entschuldigend.
„Naja, Hauptsache du bist bei uns. Ich wollte, du wärst immer

bei uns Mam, wir haben dich vermisst, schmerzlich ... all die Jahre, weißt du das?"
Die Getränke wurden gebracht, und Benny sah, dass Romashka chay ein Kamillentee war.
Carlowa deutete auf ihre kleine Armbanduhr. „YA dolzhen poluchit' chto-to drugoye."
"Ist gut, Mam, wir treffen uns später zum Essen."
Carlowa gab jedem von ihnen einen kleinen Kuss und verschwand.
„Wie lief das mit dem Päckchen?" fragte Benny gespannt.
Angelika war wütend. „Das mit dem Päckchen ging voll in die Hose, wenn du's wissen willst. Das Bild ist rausgefallen und sie hat es sofort gesehen. Da war gar nichts ... und dann kommst du mit deinem blöden Deutsch. Mam hat kein Wort von dem verstanden, was du gesagt hast?"
Benny war ganz cool und betrachtete seine Fingernägel. „Nein? Hat sie das nicht?"
„Nein! Hat sie nicht."
Benny blickte sie an. „Hast du's eigentlich gemerkt? Mam hat keine Anstalten gemacht, zu bezahlen." Dann kam er mit dem Gesicht ganz nah. „Wenn sie mich nicht versteht ... woher wusste sie dann, dass ich sie eingeladen habe?"

13. Kapitel. Moskau, Straßencafé. Am selben Tag.

Dirk und Jurij hatten sich nach ihrem Besuch im Serbski-Institut mit einem Händedruck getrennt. Sie hatten sich alle zum Mittagessen verabredet.
Dirk war deshalb in Eile.
Er nahm sich ein Taxi und ließ sich zum Novyy Arbat fahren, um dort Benny und Angelika zu treffen.
Er war gespannt wie es mit Angelika inzwischen gelaufen war.
Oh, Mann! Das Café war ja proppevoll!
Von außen her hatte das aber nicht so ausgesehen.
Ah, da saßen ja die beiden. Dirk schob sich zwischen den Stühlen hindurch.
„Na, was gibt's Neues?" lächelte er und setzte sich zu ihnen.
„Dein Plan ging voll daneben," eröffnete ihm Angelika leicht genervt. „Ich hab' kein Wort verstanden von dem, was Mam gesagt hat. Das Bild ist beim Öffnen rausgefallen und sie hat es sofort gesehen. Sie hat was gesagt, aber ich hab's nicht verstanden. Die kleine Schatulle, die ich ihr geben sollte, hab' ich darüber komplett vergessen. Mam hat die Kugel wieder eingepackt und mitgenommen … mitsamt dem Bild. Ich kann nicht mal sagen ob es gewollt war, oder nicht."
Dirk war enttäuscht. „Da hatte ich mir mehr davon erhofft. Na, wenigstens hat sie das Bild," versuchte er seine Tochter zu trösten. „Ich war mit Jurij im Serbski-Institut. Es ist durchaus möglich, dass eine Person Gedächtnis und Muttersprache zugleich …"
„Vergiss das mit der Muttersprache," unterbrach ihn Benny, „Mam versteht jedes Wort von dem, was wir hier reden. Ich hatte vorhin beiläufig erwähnt, dass ich sie einlade. Soeben hat sie sich verabschiedet, ohne zu bezahlen. Wenn sie doch kein Deutsch versteht, Dad, woher hat sie gewusst, dass ich sie

eingeladen hatte?"
Dirk wiegte den Kopf. „Ja … gut … aber echte Beweise sind das nicht. Nur … ich geb´s zu … jetzt müssen wir es schon stärker in Betracht ziehen. Übrigens, ich möchte mir auch einen Kaffee bestellen."
Benny grinste. „Cofé, Moloki, Sakhar. Mam hat uns Russisch beigebracht. Wink einfach dem Mädel, ich geh' mal kurz zur Toilette. Hoffentlich haben die ein anständiges Klo hier."
Er hatte das Schild <Tualet> über einer Wendeltreppe entdeckt, die nach unten führte.
Benny erhob sich also und quetschte sich mühsam zwischen den Stühlen hindurch.
Oh, Mann! Die müssten dringend das Lokal vergrößern, dachte er dabei und stieg die enge Wendeltreppe hinunter.
Na, wer sagt's denn? Der Waschraum war genau so klein wie das Café.
Ein einziges Klo für die Damen und eins für Herren im selben Raum. Dazu ein superkleines Waschbecken mit einem halbblinden Spiegel in der Ecke. Das kleine Pinkelklo für Männer fehlte komplett. In Deutschland würde man so einen Betrieb schließen.
Benny musste nur kurz.
Als er wieder rauskam, drehte er schnell den Wasserhahn auf und wusch sich die Hände.
Er stutzte plötzlich und erschrak.
Im halbblinden Spiegel sah er eine Gestalt hinter sich stehen.
Benny fuhr herum und riss die Augen auf.
„Mam!!?"
Carlowa stand vor ihm und hatte Tränen in den Augen.
Sie versuchte zu lächeln und nickte. „Groß bist du geworden, Benny."
Benny stand da, wie vom Blitz getroffen und bekam kein Wort raus.
Sie streichelte ihm über die Wange. „Mein guter Junge … ich hätte es geschafft … vielleicht, aber dann … kamst du mit deiner Nilpferdkugel von damals, das hat mich fertiggemacht."

„M … Mam … was ..?"
„Ihr müsst wieder weg, Benny. Mein Leben ist in Gefahr. Bitte, behalt' dieses Gespräch für dich und lass dir nichts anmerken! Bitte, tu's für deine Mam. Mach's gut, mein Junge … ich hab' euch sehr lieb."
Sie betrachtete ihn noch einmal liebevoll. „Mein guter Junge," sagte sie leise.
Dann war sie durch die Tür verschwunden.
Bennys Lippen zitterten. „M …Mam?"
Er stürzte zur Tür und riss sie auf.
Draußen war niemand mehr zu sehen.
Benny stand da, wie bestellt und nicht abgeholt. Jetzt, wo die grelle Wirklichkeit ihm einen Schlag mit der Keule verpasst hatte, konnte er es nicht fassen.
Es ist wahr! dachte er und griff sich an den Kopf. Mein Gott, es ist wahr! Das ist unsere Mam!
Was war das jetzt eben gewesen? War das wirklich passiert?
Aber klar doch! Geträumt hatte er nicht.
Im gleichen Moment wurde Benny ganz nüchtern. Seine Gedanken wurden klar. Ihre Mam steckte in Schwierigkeiten. „Wir müssen gut sein … für Mam," hatte Angelika gesagt.
Er hatte also die ganze Zeit recht gehabt mit seinen Beobachtungen. Seine Mam wusste genau, wer sie waren. Sie hatte sich bloß verstellt.
Wieso? Das war im Moment irrelevant.
Und … er sollte sich nichts anmerken lassen?
Benny zwang sich zur Ruhe und dachte scharf nach.
Dann stand sein Plan. „Mam, du sollst wissen, was es heißt, einen Sohn zu haben. Russland mag sein, wie es will, aber … unterschätze bloß deine Familie nicht," sagte er sich.
Völlig cool schob er sich durch die Gäste hindurch an seinen Platz zurück, wo sein Vater mit Angelika heftig diskutierte.
Benny setzte seinen Plan auch sofort um.
„Du bist eine blöde Gans", sagte er zu Angelika, als er sich setzte. **„Du hast das mit dem Bild vermasselt, weil du dich einfach nur dämlich angestellt hast. Jedes kleine Kind hätte**

das besser hinbekommen. Ich hätte das selbst in die Hand nehmen sollen."

Angelika blieb die Spucke weg. Wie redete der mit ihr?

Aber wenn er glaubte, sie würde ihm was schuldig bleiben, dann hatte er sich geschnitten.

„Du angeberischer Besserwisser! Du konntest wohl schon Russisch als du geboren wurdest! Nachher ist jeder von euch gescheiter! Warum hast du's denn nicht gemacht, wenn ich doch so dämlich bin?" Angelika war nicht auf den Mund gefallen. „Du spielst dich hier auf als der große Sherlock Holmes und bist doch nur angepisst, weil du nicht das Muttersöhnchen sein kannst, das du immer werden wolltest!"

„Was geht das dich denn an? Auf so eine Schwester wie dich, hätt' ich verzichten können! Wer sowas als Schwester hat, der braucht keine Feinde mehr!"

Dirk blickte die beiden erschrocken an. „Kinder, was ist denn jetzt mit euch los?"

„Du warst auch schon mal besser, Dad! Deine Ideen sind der reinste Schrott! Hoffentlich sind deine Vorträge nicht so dürftig wie die Show die wir gerade hier abgezogen haben!"

Benny war richtig in Fahrt und winkte die Kellnerin heran. „Ich will endlich zahlen! Was kostet dieses Gesöff hier," fragte er grob.

Dann tönte er weiter. „Kommt mit nach draußen! Dann sag' ich euch mal, wo's langgeht. Ich hab' langsam genug von diesem Theater."

„Oh nein!" rief Angelika. „Mit dir geh' ich jetzt nirgendwo hin! Du hast sie ja nicht mehr alle."

„Ihr kommt jetzt mit nach draußen, oder ich zeig' dir, wie ein Bruder mit seiner Schwester verfährt, wenn sie nicht tut, was er sagt!"

Angelika stutzte.

Benny hatte unmerklich die Augenbrauen zweimal kurz gehoben.

Spielte er hier Theater? Auf jeden Fall stimmte im Moment

etwas nicht.
Benny wollte sie irgendwie nach draußen haben.
„Na gut! Wir kommen mit! Ich hab' keine Angst vor dir, du Großkotz! Du wirst schon sehen. Vielleicht bist du's jetzt, der eine geballert kriegt,"
Resolut ergriff sie ihren Mantel und ging voran. „Komm mit, Dad, dann wirst du sehen wie dein Sohn von deiner Lieblingstochter ein paar Prügel bezieht."
Dirk war sprachlos. Lief hier alles aus dem Ruder?
Er zuckte mit den Schultern. Was sollte er machen? Ergeben folgte er seinen Kindern, die sich immer noch lautstark beschimpften.
Währenddessen überlegte Benny fieberhaft. Er musste gut sein. Wenn seiner Mam Gefahr drohte und er wusste nicht aus welcher Richtung, dann waren hier und jetzt keine Fehler erlaubt.
Draußen, vor dem Café, schickte er sich an, entlang dem Novyy Arbat ein Stück weiter die Straße runterzugehen.
Er achtete darauf, dass sein Vater und Angelika mitbekamen, was er zwischen seinen Beschimpfungen unauffällig mit leiser Stimme einfügte.
„Kommt! Ich werde euch mal gehörig die Meinung sagen. Und merkt euch das gut ... spielt mit, es geht um Mam ... Wieso sind wir eigentlich hergekommen? Ich hätte mordsmäßig viel Arbeit zuhause, aber nein, wir eiern hier in Moskau rum, und warum? Nur weil Dad glaubt, irgendwen getroffen zu haben ... bitte glaubt mir, was ich jetzt sage ... Ich hab' dir schon gleich gesagt, Dad, du hast getrunken. Du rufst mich mitten in der Nacht an! Man stelle sich das einmal vor, mitten in der Nacht ... ich war vorhin unten auf der Toilette... und was sagt er? Ich konnt's nicht glauben. Dad, du müsstest dir mal eine Brille kaufen. Du hast einfach nicht richtig hingesehen! Und wir? Wir kommen mit dem erstbesten Flugzeug angedüst, um deine Fantastereien mitzuerleben ... Mam war dort unten, sie hat mit mir geredet ... nicht nur, dass ich den teuren Flug finanzieren musste, nein, ich hatte auch noch

Angelika mit im Schlepptau! Du hast Mam's Tod nie überwunden, Dad, aber müssen wir das jetzt auf diese Weise ausbaden? ... Kein Witz, Mam hat keine Amnesie. Sie hat Deutsch mit mir geredet..."

Benny schimpfte hemmungslos weiter und achtete darauf, dass die Informationen, die er mit gedämpfter Stimme weitergab, so kurz und präzise wie möglich rüberkamen. Für einen unbekannten Beobachter wäre das kaum zu erkennen gewesen. Dirk und Angelika hatten begriffen und spielten das Spiel mit.

„Hört genau zu. Mam hat Angst, ihr Leben ist in Gefahr... ... ihr Leben ist in Gefahr, weil wir hier sind... ... warum, weiß ich nicht, ging alles zu schnell... ... sie hat gesagt, sie liebt uns... ... aber vor allem, wir sollen uns nichts anmerken lassen... ... ich dürfte das nur als Einziger wissen... ... aber ich denke es ist besser, ihr wisst es auch... ... schlage vor, wir benehmen uns beim Essen ganz natürlich... ... und reden später weiter..."

Eine Antwort kam nicht mehr zustande, denn in diesem Moment fuhr Atanows Armeelimousine vor dem Café vor. Jurij stieg aus und winkte ihnen fröhlich zu.
Carlowa ließ es sich ebenfalls nicht nehmen. Sie stieg vorne auf der linken Seite aus und setzte sich hinten rein, zwischen ihre beiden Kinder.
Ein lustiges Gespräch zwischen den dreien begann, wobei die Kinder natürlich wieder kein Wort verstanden von dem, was ihre Mam mit ihnen redete.
Aber was machte das jetzt schon?
Benny merkte, dass seine Mam einmal verstohlen nach seiner Hand tastete und sie zärtlich drückte.
Oh, Mam, was ist bloß los mit dir? dachte er einen Moment wehmütig. Wieso kann ich dich jetzt nicht einfach in die Arme nehmen und die Augen schließen?
Aber dann riss er sich energisch am Riemen.
Poker! Rolle spielen!
Atanow lachte und übersetzte, was immer ihm wichtig erschien. Irgendwie war es ihm angenehm, dass Carlowa so guter Dinge

war. Kinder sind doch etwas Großartiges, dachte er.
Dirk, mit seinem gebrochenen Herzen, hatte seinerseits ganz anständig mit sich zu kämpfen. Nun, da er wusste, dass es Sonja war, die hinter ihm im Wagen saß, war es unheimlich schwer, nicht die Nerven zu verlieren. Sonja, über deren tragischen Tod er jahrelang hinwegzukommen versucht hatte, saß jetzt quicklebendig hinter ihm und redete lebhaft mit seinen Kindern. Dirk wischte sich verstohlen eine Träne aus dem Auge.
Er spürte genau, dass sie ihn manchmal unauffällig von hinten anblickte.
Was ist bloß aus unserer Familie geworden? dachte er schmerzlich.
Bis jetzt wusste er lediglich, was Benny ihnen erzählt hatte.
Wie weit war Atanow im Bilde?
Im Moment sah nichts nach Gefahr aus, aber hier in Russland konnte man nie wissen …
Nachdem Benny und Angelika den ersten Schock überwunden hatten, lief das Ganze wieder wie von selbst. Carlowa und Atanow dachten nicht im Traum daran, sich nach dem Essen zu verabschieden, was die Kinder sehr begrüßten.
Nein, es entwickelte sich zu einer Rundreise durch ganz Moskau, mit Sehenswürdigkeiten, historischen Einlagen und allerlei Kuriositäten, mit viel Spaß und lustigen Momenten.
Und zwar so, dass es allen sichtlich schwer fiel, sich nach dem Abendessen zu verabschieden.
Morgen früh, würden Benny und Angelika wieder zurück nach Deutschland fliegen.
Atanow gab an, er würde sie nicht heimfliegen lassen, nicht ohne das Versprechen, so bald wie möglich wieder zu Besuch zu kommen.
Für seinen Geschmack war das alles viel zu kurz gewesen.
Benny und Angelika hatten das Gefühl, als würde er sie am liebsten gleich auf der Stelle adoptieren.
Dirk hatte sich inzwischen notgedrungen etwas dran gewöhnt, dass Carlowa ihn freundlich aber reserviert behandelte. Er hatte

sie verstohlen beobachtet und es erstaunte ihn, wie gut sie ihre Rolle spielte. Da war nicht die kleinste Unsicherheit in ihrem Benehmen, das war schon fast professionell.
In was hast du dich da reingeritten, Sonja? fragte er sich zwischendurch immer wieder.
Er hatte keine Ahnung!
Aber wie sehr er keine Ahnung hatte, das hätte er sich in diesem Moment noch nicht träumen lassen.

14. Kapitel. Moskau, Wohnung von Dimitrij und Xenja Baranow, in der Ulitsa Gvozdeva. 13. September 2003.

An dem Abend klingelte bei Dimitrij Baranow das Telefon.
Sein langjähriger Freund Sergej Sorokin vom Geheimdienst war am Apparat.
„Hallo Dimitrij, Sergej hier. Wie geht's dir, Kamerad?"
„Heee, Sergej, das ist ja eine Überraschung! Wo bist du, du klingst so nah!"
Sorokin lachte. „Kein Wunder. Ich bin hier in Moskau! Hast du heute Abend Zeit, dann gehen wir einen kräftigen trinken. Ich vermisse meinen Saufkumpan!"
Dimitrij wurde mit einem Schlag hellhörig. Sein Freund redete zwar gern über trinken, trank aber in Wirklichkeit nur sehr wenig. Wozu brauchte er heute Abend einen Saufkumpanen?
Wieso kam er nicht einfach her?
Dimitrij schaltete schnell. „Ach Sergej! Wann wirst du es endlich begreifen? Ich habe dich noch jedesmal unter den Tisch getrunken! Du gibst dich wohl nie geschlagen, was?"
„Komm her, wenn du ein Mann bist," tönte Sorokin, „treffen wir uns im Kurvuazye, dann zeig' ich dir welch ein Weichei und Warmduscher du geworden bist, du … du Moskauer Sesselpupser!"
Dimitrij musste laut lachen.
„Wo immer du willst, und zu jeder Zeit, Bruder. Sag mir aber vorher in welchem Hotel du abgestiegen bist, dass ich dich nachher dort abliefern kann, wenn du nicht mehr weißt, wer du bist. Wenn wir zurückkommen, kennst du nicht mal mehr den Unterschied zwischen einem russischen Panzer und einem sibirischen Bullen."

Dimitrij legte nachdenklich den Hörer zurück auf den Apparat. Was hatte das zu bedeuten?
Jurij Atanow, Sergej Sorokin und Dimitrj waren zusammen auf der Militärakademie gewesen.
Sorokin war es auch, der ihm gestern Morgen die Liste der Passagiere vom abgeschossenen Flugzeug hatte zukommen lassen.
Offiziell galt die Maschine in Russland immer noch als Spionageflugzeug.
Es war klar, dass Sergej seinem langjährigen Freund die Liste unter der Hand zugespielt hatte. Aber das war eigentlich Kinderkram und nicht der Rede wert.

Die Antwort auf diese Frage bekam Dimitrij im Kurvuazye.
Sergej Sorokin hatte mit Bedacht einen Tisch ausgewählt, von dem aus er das ganze Lokal überblicken konnte.
Sie bestellten sich Wodka und führten gelassen Smalltalk über alte Zeiten.
Kaum aber, dass die Getränke auf dem Tisch standen, eröffnete Sergej ohne Umschweife das Gespräch.
„Dimitrij, was in aller Welt treibt Jurij? Was ist mit Carlowa?"
„Ich versteh nicht, was du meinst. Was soll mit Jurij und Carlowa sein?"
Sergej prostete ihm zu. „Du weißt es genau. Ich hab' dir die Passagierliste der Koreanischen 747 zukommen lassen, die unsere Idioten der Flugabwehr damals über Sakhalin abgeschossen haben. Soweit so gut. Heute Mittag konnte ich nur mit Mühe und Not einen Bericht abfangen, der vom Serbski-Institut an uns weitergeleitet wurde. Da fragte ein gewisser Generaloberst Jurij Atanow den Professor Grigorjew, ob es möglich ist, dass seine Frau ihr Gedächtnis beim Absturz ausgerechnet dieser Maschine hätte verloren können. Dimitrij! Sieh mich an! Seid ihr noch bei Trost?"
Dimitrij schaute seinen Freund befremdet an. „Wer weiß noch alles von diesem Bericht?"
„Nur ich!" zischte Sergej. „Und das ist euer verdammtes Glück!

Wenn ich den nicht in die Finger bekomme, dann seid ihr dran!"
Baranow wurde blass. „Wieso sind wir dran? Was läuft hier? Ich verstehe das nicht!"
„Natürlich verstehst du das nicht! Ihr seid Militärs! Ihr seid sauber, ehrlich, gerade! Ich wollte, ich könnte auch so sein. Aber ich bin nicht so! Geheimdienst ist grau, hinterhältig und schmutzig! Wir machen die Drecksarbeit, wenn ihr was vermasselt habt."
„Naja, es war deine Wahl, Sergej. Du hättest auch bei uns bleiben können. Aber ich versteh' immer noch nicht. Was ist so gefährlich daran, dass Jurijs Frau ..."
„Kein Wort mehr! Sichern wir uns zuerst ab! Wir trinken noch etwas. Dann gehen wir zusammen pinkeln und überprüfen die Toiletten. Dann sag' ich's dir. Und du sagst zu Jurij, er soll um Himmels Willen aufhören in der Vergangenheit seiner Frau herumzuwühlen, wenn er sie lebend behalten will!"
Nach zwei Gläsern war es soweit.
Sergej fing an zu singen und über alte Zeiten zu reden. Dabei boxte er Dimitrij immer wieder gegen die Schulter.
Betrunken sein, das konnte er nicht, aber den Betrunkenen spielen, darin war er Spitzenklasse.
Dimitrij lachte mit.
Er begriff zwar nicht den Ernst der Situation, aber Sergej hatte stets gewusst, wovon er redete. Wenn er sagte, es war ernst, dann war es das.
„Ich geh´ jetzt pinkeln, du alter Hühnerdieb. Halt mir meinen Platz warm und sauf´ mir meinen Wodka nicht weg, hörst du?" sagte Sergej mit schwerer Zunge.
„Das kannst du doch gar nicht mehr allein. Ich komme mit."
Dimitrij fasste Sergej um die Schultern und beide wankten unsicher zur Toilette, zur der sie, unweit der Theke eine kleine Treppe hinuntersteigen mussten.
Sobald sich jedoch die Tür zum Toilettenraum hinter ihnen geschlossen hatte, reagierte Sergej katzenhaft schnell. Er öffnete hastig jede Klotür und vergewisserte sich, dass niemand

im Raum war. Dann warf er noch schnell einen Blick auf den Flur.
„Also, ganz kurz! Damals, nach dem Abschuss des koreanischen Jumbos, wurden die Suchschiffe rausgeschickt. Die Flugzeuge von Sokhol suchten bei Moneron das Meer ab. Unsere Kriegsschiffe und unsere Flugabwehr machten dicht. Fremde Schiffe wurden abgeblockt. Zu dem Zeitpunkt war den unseren schon klar, dass wir eine vollbesetzte Passagiermaschine runtergeholt hatten. Dann ... Menschenskind, Dimitrij, ich ... der Befehl kam nicht von oben ..."
Sergej stoppte plötzlich. „Schnell! Du pinkelst da rein, ich hier!" Er spritzte blitzschnell etwas Wasser auf den Boden und sich selbst auf den Hosenschlitz.
In allerletzter Sekunde stand er am Klo. „Mann! Ich hab´ mir in die Hose gepinkelt," lallte er und grölte dann lachend auf. „Und du, du hast neben das Klo gepinkelt."
In der Tür stand ein sportlicher Mann in den mittleren Jahren. Sergej glotzte ihn blöde an. „Wenn du jetzt über zwei alte Männer lachst, die nicht mehr richtig pinkeln können, dann kannst du dein Gesicht von innen wieder ausbeulen lassen."
Der Mann lächelte. „Nichts dergleichen, meine Herren, aber ... entschuldigen Sie ... ich muss auch mal."
Maulend und streitlustig gab Sergej den Weg frei und ließ sich von Dimitrij mit nach oben nehmen.
„Übertreibst du nicht etwas mit deinem Sicherheitsgetue?" flüsterte Dimitrij auf der Treppe.
„Halt den Mund!" Sergej blieb abrupt stehen. „Da unten, auf der Toilette, das ist Boris Mikowitsch von der Moskauer Zentrale. Die sind schon da ... haben alles mitgekriegt. Er weiß nur nicht, dass ich ihn kenne. Ich kenne sie alle. Dimitrij! Das hab' ich denen voraus. Du musst weg. Sofort! Dass wir beide uns hier getroffen haben ist tödlich. Ich werde ihn mir jetzt vorknöpfen. Und du verschwindest! Jetzt!! Geh zu Jurij und bringt Carlowa aus der Schusslinie! Schafft sie aus Russland raus. Egal wohin, aber außer Landes!"

„Was??!" Dimitrij glaubte sich verhört zu haben
„Sofort!"
Sergej ging wieder die Treppe hinunter und zog eine Makarow aus dem Schulterhalfter.
Er lud die Waffe durch und signalisierte Dimitrij energisch:
<Verschwinde endlich!>
Dimitrij stand da, wie betäubt.
Was in aller Welt ging hier vor sich?
Carlowa aus Russland rausschaffen?
Das war doch unmöglich! Und dann noch ohne Visum! Mit dem Geheimdienst auf den Fersen!
Das konnte nie und nimmer gutgehen.
Aber Dimitrij war ein hochrangiger Offizier. Und zwar einer mit unzähligen Einsätzen.
Er wusste genau, was zu tun war, wenn Gefahr drohte.
Besonders von unbekannter Seite.
Man musste sich bewegen. Man musste schnell sein.
Schneller als jeder andere, und dabei die Übersicht nicht verlieren.
Er warf der Bedienung einen Schein hin und verschwand aus dem Lokal.
Jetzt hatte er die Nase vorn.
Keine Zeit, eine Waffe von zuhause zu holen. Nein, er hatte schon seit geraumer Zeit eine Uzi, eine kleine handliche Maschinenpistole, unter dem Sitz seines Wagens befestigt, das musste genügen.
Ein Soldat denkt eben anders als ein Zivilist.
Und er bewegt sich gradlinig, wenn er bis vorneweg ist.
Dimitrij sprang ins Auto und preschte los.
Noch vor der ersten Kreuzung riss er die Uzi unter seinem Sitz hervor und legte sie auf den Beifahrersitz.
Zugleich beobachtete er im Rückspiegel, ob ihm jemand folgte.
Negativ!
Verdammt! Wieso ging denn jetzt alles so furchtbar schnell?
Was hatte sich so heftig zugespitzt, dass ihm plötzlich alles zu spät erschien?

Sergej hatte nicht zu Ende geredet.
Was, zum Teufel, war damals beim Abschuss dieser verdammten Maschine passiert?
Dimitrij hatte nicht die blasseste Ahnung, wieso nach zwanzig schlummernden Jahren, die verbleibende Zeit sich jetzt plötzlich auf ein paar Minuten, vielleicht sogar Sekunden reduzierte.
Oder etwa doch?
Während er durch die Straßen von Moskau raste, fügten sich die Bilder in seinem Kopf zusammen. Die Bilder, die er in letzter Zeit in sich aufgenommen hatte.
Dieser Krüger … die Schneekugel … Carlowa … die Passagierliste des über Sakhalin abgeschossenen Flugzeugs … Krügers Tochter Angelika … oh Mann!
Er hatte die Antwort vor Augen. Und sie haute ihn um.
Carlowa war Krügers deutsche Frau.
Die hatten zwanzig Jahre lang nach ihr gesucht … und jetzt, mit einem Schlag, war alles rausgekommen.
Und das nur, weil Jurij und Krüger versucht hatten herauszubekommen, wer Carlowa wirklich war.
Sergej hatte es über den Serbski-Bericht erfahren und sofort reagiert.
Schön und gut … aber **wieso** wurde sie gesucht, Teufel nochmal?
Da wird doch nichts … Dimitrij wurde blass. Ihm schwante Fürchterliches … wenn da was passiert war … in dem Fall würden die im Zweifelsfall keine Rücksicht nehmen.
Carlowa, ob Deutsche oder nicht, musste schleunigst aus der Schusslinie.
Dimitrij konnte nicht zu Ende denken. Er bog in den Yauszky-Boulevard ein und sah Jurijs Häuserblock vor sich auftauchen.
Oh, nein! Nicht vor dem Haus parken!
Weiter!
Er bog in die erste Seitenstraße ein und hielt mit quietschenden Reifen am Bürgersteig.
Schnell versteckte er die Uzi unter den Mantel und raus!

Zum Abschließen war keine Zeit mehr.
An der Kreuzung hielt er inne und ging ganz gelassen über die Straße. Kein Aufsehen erregen!
Dann klingelte er Sturm an Jurijs Wohnung.
Gottseidank. Die Atanows waren zuhause.
Jurij öffnete, normal mit Hemd und Hose bekleidet und hatte … natürlich … von nichts eine Ahnung.
„Dimitrij?!? Was …?"
Dimitrij zog ihn brutal in die Wohnung und drehte den Schlüssel im Schloss um.
„Jurij! Es brennt! Hör mir zu! Ihr müsst weg! Packt alles zusammen! Beweg´ dich, Herrgott, ihr habt keine Zeit mehr."
„Stop, Dimitrij! Sag mir, was los ist."
„Carlowa ist Sonja Hartmann. Sergej und ich hatten soeben einen Zusammenstoß mit dem Moskauer Geheimdienst. Ich weiß nicht ob Sergej es geschafft hat. Na los! Macht voran! Ihr müsst aus Russland raus! Jetzt!!"
Atanow wurde kreidebleich und starrte seinen Freund ungläubig an. „Das … ist nicht wahr!"
Dimitrif fixierte ihn. „Jurij! Ob wahr oder nicht, sie muss raus! Raus aus Russland! Los doch, hab' ich gesagt! Beweg dich, Soldat!"
Jetzt reagierte Atanow.
Zum Fragestellen war keine Zeit mehr.
Er kannte Dimitrij gut genug.
Dimitrij war kein heuriger Hase. Wenn er so war, dann ging es um alles.
Jurij stürmte ins Wohnzimmer. „Carlowa! **Carlowa!** Schnell! Pack deinen Koffer! Wir müssen weg! Du bist in Gefahr!"
Carlowa saß auf dem Sofa. Sie erschrak heftig, als die beiden Männer hereingestürzt kamen. „Aber Jurij … ich ..."
„Es ist egal, ob du Sonja Hartmann bist, oder nicht," schrie Dimitrij dazwischen. „Die fragen nicht nach und machen auch keine Geschenke. Sergej versucht, sie aufzuhalten! Los! Macht schon!"
Jetzt ging alles schnell.

Atanow, der immer einen fertigen Bereitschaftskoffer für Dienstreisen parat hatte, verzichtete aufs Packen und half seiner Frau, die wichtigsten Sachen in ihren Koffer zu werfen. Er vergaß auch nicht Carlowas offizielle Geburtsurkunde, ihren Reisepass und so viel Geld, wie er eben im Haus hatte.
Da klingelte es an der Tür.
Dimitrij stürzte auf den Flur. „Wer ist da?"
„Ich bin's, Pjotr." ertönte eine gedämpfte Stimme draußen. „Ich soll Sie zum Flughafen fahren"
Pjotr?
Wer war Pjotr?
Was zum Geier … ?
„Lass ihn rein," sagte da Jurij hinter ihm. „Pjotr ist der Bereitschaftsfahrer. Ich vertraue ihm."
Dimitrij drehte den Schlüssel um und öffnete die Tür.
Draußen stand Pjotr in voller Uniform. „Oberst Sorokin hat die Bereitschaft angerufen. Sie müssten dringend weg. Ich hab´ diese Fahrt anstelle eines Kollegen übernommen."
„Ich dachte, sie hätten heute frei," wunderte sich Atanow.
„Hatte so ein Gefühl, Generaloberst. Ich dachte, es ist besser, ich mache heute Dienst."
„Wir müssen in der Tat zum Flugplatz, Pjotr. Dringend!" sagte Atanow. „Bringen Sie uns hin!"
„Zu Befehl, Generaloberst."
Sergej hat´s geschafft, dachte Dimitrij erleichtert. Er hat den andern erwischt, dem Himmel sei Dank.
Das verschaffte ihnen einen kleinen Vorsprung.
Pjotr hatte den Motor laufen lassen. Er öffnete bereits den Kofferraum.
„Schnell, Misses Carlowa," sagte er und ging ihr entgegen um ihr den Koffer abzunehmen.
Atanow hatte seinen Uniformmantel angezogen und seine Schirmmütze aufgesetzt. Carlowa, im dunklen Pelzmantel und dunkler Pelzkappe, setzte sich zu ihm auf den Rücksitz. Dimitrij stieg vorn ein und überprüfte den Sitz seiner Uzi unterm Mantel.

Pjotr preschte los. „Ein Visum wird einige Zeit dauern ..." gab er zu bedenken.

„Ich hoffe, der Vorsprung wird reichen," sagte Atanow und beugte sich vor. „Pjotr, sie sind Soldat."

„Ja, Sir … ich hoffe … ein guter Soldat, Generaloberst," Pjotr war ernst und wandte den Blick nicht von der Straße.

„Das, was Sie hier tun … entspricht vielleicht nicht einem offiziellen Befehl. Das hier ist Privatsache. Sie sollten darauf achten, sich nicht in Schwierigkeiten zu bringen."

„Es gibt eine gute und eine schlechte Seite in jeder Armee, Generaloberst. Ein guter Soldat wählt stets die gute Seite."

Damit war alles gesagt.

Pjotr fuhr schnell und konzentriert.

Atanow wunderte sich. Pjotr hatte nie erwähnt, ob er Familie hatte.

Atanow hatte ihn auch nie danach gefragt. Hatte er einen sechsten Sinn für Gefahr, dass er Bereitschaftsdienst angenommen hatte, obwohl er eigentlich frei haben müsste?

Ihn danach zu fragen war keine Zeit mehr.

Das Flughafengebäude kam in Sicht.

Pjotr steuerte geradewegs auf den Haupteingang zu und trat auf die Bremse. In Russland nimmt niemand Anstoß daran, wenn eine Armeelimousine den besten Platz für sich beansprucht.

Jurij half seiner Frau aus dem Wagen, während Dimitrij sich unauffällig umblickte.

Pjotr holte die Koffer aus dem Kofferraum, dann setzte er sich wieder in den Wagen, um einen Parkplatz anzusteuern der für Armeefahrzeuge reserviert war.

Atanow, Dimitrij und Carlowa eilten ins Flughafengebäude.

Mit schnellen Blicken studierten sie die große Anzeigetafel.

„Lauter Inlandflüge," stöhnte Dimitrij auf. „Der erste internationale Flug ist die 7 Uhr 32 Maschine nach Berlin."

„Deutschland ist Ok," sagte Atanow schnell. „Versuchen wir, Flugtickets und Visa zu bekommen."

15. Kapitel Moskau, Hotel Oksana, Yaroslavstraße 15. 13. September 2003.

An dem Abend, nachdem Atanow und Carlowa sich von Dirk und seinen Kindern verabschiedet hatten, saßen die drei in Dirks Hotelzimmer zusammen, um endlich miteinander zu reden.
„Nun aber mal raus mit der Sprache, Benny," sagte Dirk. „Jetzt sind wir allein und können reden. Was hast du heute morgen erlebt. Was ist genau passiert?"
Benny verkrampfte die Hände ineinander.
„Nun, also … Mam war ja weg. Du bist dazugekommen und ich bin hinunter zur Toilette gegangen. Als ich zum Klo rauskam, hab´ich mir kurz die Hände gewaschen und da hab ich im Spiegel gesehen, dass jemand hinter mir stand. Ich war erschrocken und drehte mich um. Es war Mam, die da vor mir stand, Dad. sie hat sehr traurig ausgesehen. <Benny, mein großer Junge,> hat sie zu mir gesagt. Es war komisch, sie Deutsch reden zu hören. <Ich bin in Gefahr,> sagte sie. Wir müssten weg. Wir wären es, die ihr Leben in Gefahr bringen würden. Sie wollte sich uns nicht zu erkennen geben, aber die Nilpferdkugel hat sie geschafft. Ja, Dad, das sagte sie. Das war es auch schon. Es ging alles sehr schnell. Ach, ja, sie hat auch noch gesagt, ich soll mir nichts anmerken lassen, und niemandem davon erzählen. Dann war sie auch schon weg ..."
Benny wirkte erschüttert. „Ich konnte es nicht für mich behalten. Ich musste es euch sagen. Dad, wieso tut sie das? Wieso bringen wir sie in Gefahr?"
Dirk dachte angestrengt nach. „Ich weiß es nicht, Junge. Ich sehe nur, dass es etwas Ernstes sein muss, wenn sie so tut, als kenne sie uns nicht. Etwas sehr Ernstes. Aber eines ist jetzt klar: Sie ist eure Mam. Das ganze Hickhack um ihre Herkunft ist damit beendet. Und noch was: Ohne die Nilpferdkugel, hätte sie sich uns wohl nicht zu erkennen gegeben. Gut, gemacht,

Benny! Aber jetzt eins nach dem andern. Ich schlage folgendes vor: Ihr fliegt morgen früh erst mal nach Deutschland zurück und ich werd´ mich ab sofort von ihr fernhalten, soweit es geht."
„Du willst Mam alleinlassen?" fragte Angelika aufgebracht.
„Nein!Auf gar keinen Fall. Aber zuerst dürfen wir sie nicht weiter gefährden. Ihr beide müsst in den Startlöchern bleiben. Ich werde versuchen, mit Atanows Hilfe herauszufinden, woher ihr Gefahr droht. Ich werde am Montag von hier aus versuchen, für mich so viel Urlaub wie möglich herauszuschinden, denn davon hab´ ich noch eine ganze Menge."
„Das gefällt mir nicht, Dad!" Angelika runzelte unwillig die Stirn. „Mam sagt, sie ist in Gefahr, und wir fahren seelenruhig nach Deutschland zurück. Das musst du dir mal vorstellen. Wir kommen nach Moskau, sehen unsere Mam nach 20 Jahren wieder, und dann: <Tschüss, Mam, es war schön> fahren wir wieder nachhause. Nein, so läuft das nicht."
„Doch! Das muss es. Ich bin ja selbst schlecht dran," sagte Dirk. „Ich glaube, ich müsste die Welt aus den Angeln reißen, um ihr zu helfen. Aber das nützt nichts. Ich muss meine grauen Zellen in Bewegung bringen. Das größte Problem wäre immer noch, sie aus Russland herauszubekommen, wenn alles schiefläuft. Da hab´ ich noch keinen Plan... Auf euch kommt es ebenfalls an. Wie weit seid im Ernstfall bereit, eurer Mam zu helfen?"
Benny antwortete jetzt für beide. „Für Mam würden wir unser Leben riskieren, Dad … und glaub´ mir, das ist nicht einfach so dahergesagt."
Angelika nickte. „Diesmal liegt Benny richtig."

16. Kapitel. Moskau, Flughafen Domodedowo, 13. September 2003.

Pjotr hielt jetzt vorschriftsmäßig auf dem Armeeparkplatz.
Wie er's geahnt hatte, die Lage spitzte sich zu, das konnte auch der größte Blindgänger erkennen.
Er wusste nichts Genaues, aber das, was er in letzter Zeit mit der Familie Atanow erlebt hatte, deutete auf massive Schwierigkeiten hin.
Pjotr presste wütend die Zähne zusammen.
Generaloberst Atanow war ein echter Soldat und ein Musterbeispiel an Integrität. Das waren aber beileibe nicht alle in der Armee.
Und dann … Pjotr selbst stammte aus Vladivostok. Gerade deswegen hatte er eine Schwäche für die schöne Frau seines Vorgesetzten. Sie stammte von der Insel Sakhalin. Das war, hier in Moskau, so wie wenn sie aus derselben Ecke kämen.
Er hatte richtig gelegen. Die Atanows brauchten Hilfe, und, so wie es aussah, nur, weil irgendjemand wieder mal ein schmutziges Spiel trieb.
Deshalb war er diesen Samstag in Bereitschaft geblieben.
Aber was war jetzt zu tun?
Normalerweise hätte er draußen im Wagen zu warten, bis sie wieder rauskamen.
Aber nein. Pjotr entschied sich anders.
Er startete den Wagen und fuhr langsam los, auf der linken Seite, vorsichtig ums Flughafengebäude herum bis zu den Start- und Landepisten.
Was war, wenn im Ernstfall der Generaloberst und seine Frau in die Enge getrieben wurden?
Pjotr wusste nicht, ob er jetzt übertrieb, aber Fluchtausgänge zu

kennen konnte nie schaden.
In der Tat, das Flughafengebäude verfügte über eine Anzahl Notausgänge, aber das war nicht das, was er suchte. Wenn Polizei oder Militär aufrückte, würden die sowieso besetzt werden.
Nein, ein Fluchtweg musste sich außerhalb des Blickfeldes befinden.
An den Start- und Landepisten angekommen, wendete er und fuhr wieder denselben Weg zurück bis zum Haupteingang. Diesmal wandte er sich nach rechts, und fuhr aufmerksam am Gebäude entlang.
Wo konnte man denn hier aus dem Flughafengebäude heraus?
Ah!
Was war das?
Ein mittelgroßer Anbau.
Ein Anbau mit einem eisernen Schornstein, aus dem dicke Rohre entlang dem Hauptgebäude bis zum Verwaltungstrakt führten.
Dies sah ganz nach einer Heizungsanlage für diesen Teil des Flughafens aus.
Die Hauptheizung für den Flughafen, war es mit Sicherheit nicht, denn dafür war die Anlage zu klein. Nein, dies schien eher eine eigene Heizung für die Büroräume zu sein.
Pjotr fuhr noch ein Stück weiter und entdeckte zur anderen Seite hin eine schwere, geriffelte Eisentür mit jalousienartigen Luftschlitzen.
Er fuhr an den Straßenrand und stieg aus. Unauffällig blickte er sich um und ging zur Tür.
Natürlich abgeschlossen.
Aber das würde kein Problem sein.
Diese Tür zur abgelegenen Seite war gar nicht so schlecht.
Hiermit stand Pjotrs Entschluss fest, er riskierte es.
Statt untätig und faul herumzusitzen, würde er versuchen, diesen Heizungsraum zu einem Fluchtweg auszubauen.
Für alle Fälle.
Er stieg wieder ins Auto und trat aufs Gas. Abermals steuerte er

den vorgeschriebenen Armeeparkplatz an und stellte das Auto ab.
Als er das Flughafengebäude betrat, vergewisserte er sich mit einem kurzen Blick, wo sich sein Vorgesetzter mit seiner Frau und Oberst Baranow gerade befanden.
Er konnte sie nirgends entdecken.
Sie würden wohl gerade im Zollbüro sein, um Visa fürs Ausland zu beschaffen.
Bis jetzt lief alles noch recht gut.
Pjotr trat an den Hauptempfangsschalter. „Den Hausmeister der Nachtschicht! Ich habe Befehl, einen Raum zu kontrollieren."
Die Dame am Empfang blickte einmal kurz auf und griff zum Telefon. „Wladimir, kannst du bitte zum Empfangsschalter kommen? Ein Raum ist zu kontrollieren. Ich habe einen Soldaten hier."
Sie blickte Pjotr an. „Einen Moment, bitte, Wladimir ist unterwegs."
„Ich warte."
Pjotr maß in Gedanken Richtung und Entfernung zu diesem Heizungsraum, damit er dem diensthabenden Hausmeister eine passende Antwort zu geben vermochte.
Es dauerte trotzdem noch eine ganze Weile, bis der Hausmeister auftauchte, ein kleiner schmächtiger Mann mit randloser Brille.
„Was gibt's zu kontrollieren?" fragte er unfreundlich.
„Ein verdächtiger Inhaftierter hat zugegeben, dass er den Auftrag hatte, hier im Flughafen einen Umschlag mit Dokumenten in Empfang zu nehmen."
„Um welchen Raum handelt es sich?"
„Ist nicht genau bekannt. Eine Art Heizungsraum. Er redete von einer Eisentür, durch die er rauskam."
„Ah! Dann weiß ich, was Sie meinen. Kommen Sie mit!"
Im Flughafen war der Weg länger, als Pjotr ihn geschätzt hatte.
Sie durchquerten zuerst die Haupthalle, dann einen langen Gang mit mehreren Terminals. An zwei davon, warteten Reisende auf die Öffnung der Gangway.
Am Ende des Ganges gab es eine automatische Flügeltür für

Gepäckhubwagen, durch die sie hindurchgingen. Hier war die Umschlaghalle für das Gepäck für diese Seite vom Flughafen.
Dann ein schmaler Gang mit mehreren Türen.
Durch einige hörte Pjotr ein stetig summendes Geräusch hindurch. Hier mussten sich wohl elektrische und elektronische Anlagen befinden.
Die Tür am Ende des Ganges war verschlossen. Der Hausmeister öffnete sie mit seinem Generalschlüssel. Sie kamen in eine Art Abstellgarage für Putzmaschinen, Reinigungswägelchen und allerlei Wartungsmaterial.
Auf geradem Wege führte der Hausmeister ihn hindurch und sie kamen an eine dunkelgrau gestrichene Eisentür.
„Hier muss es sein. Dies ist der Heizungsraum für das Direktionsgebäude und die Flugbereitschaft. Aber hier kommt ohne Schlüssel niemand rein oder raus. Wie kann man da …?"
„Wir kontrollieren das!" schnitt Pjotr ihm das Wort ab und zog sein Funkgerät aus der Innentasche seines Armeemantels.
„Schließen Sie auf und machen Sie Licht. Generalmajor Baranow ist auf dem Weg hierher. Ich werde hier Wache halten. Diesen Raum darf niemand betreten!"
Der Hausmeister machte große Augen.
Ein Generalmajor? Da war es nicht von Vorteil, noch weitere Fragen zu stellen.
Er schloss also widerspruchslos auf und machte Licht.
Pjotr vergewisserte sich schnell, und entdeckte sofort am Ende des Raumes die Eisentür, die nach draußen führte. Er sah dass kein Schloss vorhanden war, sondern nur einen schweren Eisenriegel, den man vorgeschoben hatte.
„Sie bekommen Bescheid, wenn der Raum wieder freigegeben wird," schnarrte Pjotr und postierte sich draußen.
Der Hausmeister nickte und verschwand durch die Tür, durch die sie gekommen waren. Mit diesem Soldaten war nicht gut Kirschen essen.
Pjotr wartete ein paar Sekunden.
Als er nichts mehr hörte, betrat er den Raum und schaute sich um.

Die Heizungsanlage war größer, als es von außen her den Anschein gehabt hatte. Dicke Rohre, mit Schiebern, Manometern und Temperaturanzeigern versperrten ihm teilweise die Sicht zur Außenwand. Pjotr umrundete den riesenhaften Heizkessel, der ihn wie einen unliebsamen Eindringling böse anschnurrte und näherte sich der Außentür.
Er schlug den Riegel zurück und vergewisserte sich dass sich die Tür auch von außen öffnen ließ.
Das klappte ja wie am Schnürchen!
Nun ja, jedes Gebäude hat eben seine Schwachstellen. Man muss sie nur zu finden wissen.
Durch diesen Raum würde man jetzt sowohl raus als auch reinkommen können.
Pjotr war zufrieden mit dem Ergebnis.
Er legte den Weg zurück bis zum Armeewagen und stieg ein.
Dann beobachtete er aufmerksam den Haupteingang des Flughafengebäudes.
Jetzt galt es, den Atanows den Rücken frei zu halten.

17. Kapitel. Moskau Flughafen Domodedowo. 13. September 2003

Jurij und Carlowa waren erleichtert.
Das Ausstellen der Visa war kein Problem gewesen.
Ein Generaloberst der russischen Armee, der mit seine Frau nach Berlin flog, weil eine entfernte Verwandte aus Deutschland verstorben war.
Pure Routine seit Glasnost.
Alle Papiere waren in Ordnung und der Beamte, der die Visa ausstellte, wünschte dem Herrn Generaloberst und seiner hübschen Frau Gemahlin noch einen angenehmen Flug.
Es war jetzt kurz vor 23 Uhr.
Noch achteinhalb Stunden!
Dimitrij seinerseits hatte kein gutes Gefühl.
Das war ihm zu lang. Viel zu lang!
Er hatte gesehen, dass das Zahnradgetriebe des Geheimdienstes angesprungen war. Da konnte sich die Lage von einem Augenblick zum andern dramatisch verschlechtern.
Nachhause zurück konnten die Atanows nicht.
Auf keinen Fall!
Das war viel zu gefährlich.
Das riesige Flughafengebäude war im Moment das Sicherste und das Unauffälligste.
Sie würden hierbleiben.
„Schlage vor, wir essen noch eine Kleinigkeit in einem der Flughafenrestaurants," sagte Dimitrij deshalb, „das wird noch eine lange Nacht, Freunde."
Atanow schüttelte den Kopf. „Du musst nachhause zurück, Dimitrij. Xenja wartet sicher schon auf dich. Sie wird dir die Hölle heiß machen. Wir kommen schon klar."

„Ich lass´ euch doch jetzt hier nicht allein! Erinnerst du dich, was ich dir neulich über Freundschaften erzählt hab´? Mein lieber Jurij, was Freunde sind, erkennst du erst, wenn du in Schwierigkeiten steckst. Und das ist hier der Fall, glaub´s mir. Vielleicht brauchst du im letzten Moment einen, der dir den Rücken freihält: Ich bleibe! Und das ist mein letztes Wort."
Sie steuerten eins der Flughafenrestaurants an und setzten sich in eine Ecke, die von außen her nicht sofort einzusehen war.
Carlowa schaute ihren Mann immer wieder sorgenvoll an, doch Jurij gab sich ganz gelassen.
Für jemanden, den sie ein ganzes Leben lang belogen hatte, wirkte er erstaunlich gefasst.
„Jetzt kannst du mir ja mal sagen, was genau hier abgeht, Dimitrij. Was ist heute Abend passiert?" fragte Atanow.
„Verdammt, Jurij. Wenn ich das bloß selbst wüsste!" ärgerte sich Dimitrij. „Sergej rief mich heute Mittag an. Er war hier in Moskau. Weshalb, weiß ich nicht. Er wollte unbedingt mit mir einen trinken gehen. Als wir dann im Kurvuazye saßen, erzählte er mir, dass er einen Bericht abgefangen hatte, den ein Professor Grigorjew vom Serbski Institut an den Geheimdienst geschickt hatte. Ihr wart unvorsichtig, du und Krüger …"
„Aber wieso sollten wir vorsichtig sein? Wir leben doch in einem freien Russland!"
„Jurij! Hör mir zu! Es geht um den Abschuss dieser Maschine damals! Da war etwas! Carlowa, was in aller Welt geschah in der Nacht, in der die Maschine abstürzte? Weshalb hat dieser Bericht bei Sergej so eingeschlagen? Sergej selbst konnte es mir nicht mehr mitteilen…"
Carlowa war den Tränen nahe. „Dimitrij … es ist alles so weit weg … lass mich bitte mit Jurij einen Moment allein … bitte."
„Natürlich," beruhigte sie Dimitrij. „Es ist mir klar, dass ihr noch keine Zeit hattet, miteinander zu reden. Ich erkunde mal ein bisschen die Umgebung … nehmt euch Zeit … wenn das Essen kommt, bin ich wieder da."
Er erhob sich.
„Was versteckst du da unterm Mantel?" fragte ihn Jurij.

„Eine Uzi. Für alle Fälle." Baranow öffnete kurz den Mantel und grinste. Dann war er weg.
Carlowa blickte ihren Mann wehmütig an. „Jurij ... ich habe dir nicht die Wahrheit gesagt ..."
„Was du jetzt auch sagst," unterbrach er sie und strich ihr über die Wange, „ich habe dir längst verziehen, das solltest du wissen. Du warst alles Glück, das ich jemals erleben durfte. Und daran wird sich nichts ändern."
„Jurij ... ich bin tatsächlich Sonja Hartmann ... ich habe dich ein Leben lang belogen ..." sie nahm seine beiden Hände. „Jurij, es tut mir so leid."
„Das muss es nicht. Für mich bleibst du Carlowa, das schöne Fischermädchen, das mir damals in Aniva den Kopf verdreht hat. Ich sehe dich noch am Hafen, wie du mit den anderen Frauen gelacht hast. Dieses Bild werde ich nie vergessen."
Carlowa lächelte unter Tränen. „Damals war ich wieder soweit hergestellt, dass ich einigermaßen gehen konnte. Ich habe nicht mehr gehinkt und ich hatte wieder Gefühl in den Füßen. Als wir uns zum erstenmal begegneten, 8 Jahre nach dem Absturz, hatte ich längst alle Hoffnung verloren, meine Familie je wiederzusehen. Du warst, nach langen Jahren, wieder der erste Sonnenschein in meinem Leben. Ich wollte dir nie wehtun."
„Carlowa, was ist damals beim Absturz geschehen?"
Carlowa blickte geradeaus.
Ihr Gesicht veränderte sich. Es war plötzlich, wie zu Stein geworden.
Atanow blickte sie befremdet an. Jetzt sah sie in der Tat so aus, wie die deutsche Sonja Hartmann. Mit stahlharten Augen und einen unerbittlich strengen Zug um den Mundwinkel.
Er hörte zu und er wurde Zeuge vom Absturz der Maschine ... es wurde dunkel um sie herum ... sein inneres Auge sah die Passagiere in den Sitzreihen der 747 ... es war in der Nacht ...
„... wir waren seit Stunden unterwegs ... ich saß weit hinten ... die vorletzte Reihe. Ich hatte meinen Platz am Fenster ... das Flugzeug war voll besetzt ... alles war ruhig. Das Licht war gedämpft, die meisten schliefen. Ich sah aus dem Fenster.

Draußen konnte man nichts erkennen.
Urplötzlich hat es hinter uns gekracht.
Es war draußen ... aber sehr nahe am Flugzeug. Die Maschine bekam einen heftigen Schlag und fing an zu vibrieren. Die Lichter gingen an und die Anzeigen, dass wir uns anschnallen sollten, leuchteten auf.
Ich hörte deutlich, wie vorne im Cockpit verschiedene Alarmsignale ertönten. Dann kam die automatische Ansage <Attention, emergency descent> Aber wir gingen nicht runter. Irgend Etwas war am Flugzeug kaputtgegangen ... das war deutlich zu spüren. Wir hatten Schräglage und fingen an zu steigen ... einige schrien ... die Maschine vibrierte stärker. Dann ein Knall ... ich weiß nicht woher ... und dann ein Zischen ...ein furchtbares Geräusch ... die Luft, ich bekam keine Luft mehr ...<put out your cigarette, this is an emergency descent> ... so die automatische Ansage ... hinten über uns krachte es, ein berstendes Geräusch. Im selben Moment öffneten sich die Notklappen. Die Sauerstoffmasken fielen heraus und wirbelten durcheinander. Ich bekam Panik ... nur mit Mühe und Not brachte ich es fertig, meine Maske überzustreifen und festzuziehen. Ein dicker Mann neben mir schaffte es nicht und wurde ohnmächtig. Er rutschte immer mehr auf mich ... ich bekam keine Luft mehr ... der Sicherheitsgurt schnitt mir in den Unterleib ... Dann, mit einem Mal sackten wir ab. Die Warnsirenen heulten auf. Mir wurde schlecht ... in meinen Ohren rauschte es furchtbar ... ich sah draußen am Fenster die Dunstwolken vorbeischießen. Die Stewardessen hielten sich verzweifelt fest ... ein Stewart wurde durch den Mittelgang geschleudert ... mein Gott. Er krachte mit dem Kopf gegen die Tür zum Cockpit ... das Blut spritzte. Die Maschine drehte sich um sich selbst ... ich hielt mich mit beiden Händen fest ... Ein schwerer Service-Container flog nach vorn ... durch die Luft ... und riss eine ganze Sitzreihe heraus ... die Leute flogen durcheinander ... wie Puppen ... die Handgepäckablagen klappten reihenweise auf und die Koffer fielen heraus ..."

Carlowa schlug die Hände vors Gesicht. „Ich habe gebetet … Lieber Gott, wenn der Aufschlag kommt, dann lass mich bitte sofort tot sein … lass mit nicht mit zerfetzten Gliedern am Leben! Lass mich nicht leiden! Die Maschine ruckte jetzt ein paarmal heftig. Das sind die Piloten, sagte ich mir, die versuchen alles, um das Flugzeug noch aufzufangen. Gleichzeitig krachte es über uns … irgendetwas vom Schwanz ist jetzt abgebrochen, jetzt ist es aus, dachte ich noch. Aber dann, einen Moment, wurde das Flugzeug ruhiger … wir schaffen es doch noch … Hoffnung keimte auf … es wird alles gut … wir kamen wieder in eine fast waagerechte Lage. Doch dann knallte und blitzte es in der Wand, eine Platte brach heraus, gleich hinter dem Cockpit. Und die Lichter gingen aus. Mit einem heftigen Ruck sackten wir ab. Jetzt war nichts mehr, was uns hielt … kein Strom mehr … die Maschine drehte sich um sich selbst … immer schneller … mir wurde schlecht … Es gab nichts mehr, was den Absturz noch aufhalten konnte … ich verlor die Besinnung."

Carlowa blickte in weite Ferne. „Ich kam zu mir … heftige Schmerzen im Unterleib … ich fühlte meine Beine nicht mehr … das Wasser war eisig kalt … irgendjemand hatte mich gepackt. Der reißt mich in Stücke, dachte ich. Ich bekam einen Schwall Salzwasser ins Gesicht und musste husten … bekam fast keine Luft mehr.

„Bystro, vyyti iz zdes' - schnell, weg hier," schrie jemand über mir, „my dolzhny otoyti – wir müssen weg! Eti ublyudki, eti ubiytsy – diese Dreckskerle, diese Mörder." Der Mann der mich aus dem Wasser ins Boot zog weinte laut. „Moy Carlowa … moy Carlowa mertv – Meine Carlowa ist tot!" schrie er. „Ety gryaznyye soldaty … strelyali v moyego Carlowa – dieses dreckige Soldatenpack, sie haben meine Carlowa erschossen!" Dann sah er mich an. „Oh, Mann wie sehen Sie denn aus? Wir müssen weg!"

Er wendete das Boot … ich hörte Schüsse in der Ferne. Ich sah die Schiffe durch den Nebel … die Soldaten schossen ins Meer … auf die Verletzten."

Jurij wurde blass. „Sie ... schossen ins Meer?"
Carlowa packte ihn am Arm. „Jurij ... ich habe es gesehen. Sie haben die wenigen, die im Meer trieben ... einfach erschossen. Jahre später erst begriff ich, warum. Sie wollten an der Geschichte mit der Spionagemaschine festhalten ... es sollte keine Zeugen geben. Jurij, sie haben auf wehrlose Verletzte geschossen! ... aber es war umsonst, denn die ganze Welt hatte mitbekommen, was wirklich geschehen war."
„Wie kam Alexandrow dahin?"
„Alexantrows Nichte war über Bord gefallen, beim Fischesortieren. Er hatte verzweifelt mit dem Suchscheinwerfer seines Fischerbootes nach ihr geleuchtet. Die Kriegsschiffe ... sahen sie ... im Wasser treiben. Sie wurde auch umgebracht. Dafür entdeckte Alexandrow mich im Wasser und rettete mich an ihrer Stelle."
Atanow nickte. Aber seine Gedanken wirbelten durcheinander. „Unsere Soldaten ... schossen ... auf Verletzte ..." seine Lippen zitterten „das darf es nicht geben. Nie! Das ist eins der schwersten Verbrechen, die es gibt ... Carlowa, wie hast du's geschafft, nicht entdeckt zu werden?"
„Alexandrow versteckte mich und ich wurde langsam teilweise wieder hergestellt ... aber meine Beine und mein Rücken waren taub. Und ... später sagte man mir ... ich könnte keine Kinder mehr bekommen ..." Carlowa schlug die Hände vors Gesicht. „Ich hätte dir so gern welche geschenkt, Jurij, aber ... es sollte nicht mehr sein."
Atanows Blick war leer. Er kriegte es nicht auf die Reihe. „Diese ... diese Mörder! Dieses Pack!! Ich kann's nicht glauben!"
Sein ganzer Stolz, ein Offizier zu sein, schien mit einem Male zerbrochen.
„Ich war halbtot. Wochenlang lag ich einfach da. Boris kümmerte sich um mich wie um seine eigene Nichte. Es waren schreckliche Tage. Ich spürte nichts und hatte trotzdem Schmerzen innendrin ... ich spürte nicht mal, wenn ich unter mich machte. Ich hatte keine Kontrolle über meinen Unterleib.

Boris hatte mich zwar zuhause versteckt … er besitzt ein kleines Fischerhaus in Aniva … aber das war gefährlich. Er besaß auch eine Hütte auf der Insel Moneron, westlich von Sakhalin, sehr einsam. Dorthin brachte er mich, sobald die Kriegsschiffe die Suche einstellten. Ich verlor die Hoffnung … dann, eines Tages kam er mit einem Mann … ich verstand nicht genau … aber der Mann hatte etwas mit Pferden und Einrenkungen zu tun. Sie zogen mich aus und legten mich auf den Bauch. Der Mann betrachtete meinen Rücken und machte ein bedenkliches Gesicht. „Heiliger Georg, wie sollen wir das wieder hinkriegen?" murmelte er. Dann fing er an mein Rückgrat abzutasten. Urplötzlich packte er meine Arme und riss meinen Oberkörper nach hinten. Es krachte in mir … ich glaubte ich würde entzwei brechen. „Gut," sagte er. Er glaubte das sei mit viel Glück irgendwie zu machen. Er möchte jedoch in den nächsten Tagen nicht meine Schmerzen haben … aber es würde nicht zu vermeiden sein. Boris holte ein Stahlrohrgestell vom Schiff, das der Mann mitgebracht hatte. Jetzt kam die Hölle. Ich wurde mit breiten Riemen auf das Gestell gebunden. „Das wird jetzt ein paar Wochen lang dein Bett sein," sagte er noch. „Du hättest mich früher holen müssen, Boris", sagte er vorwurfsvoll. „das Bein ist verwachsen." Dann flüsterten die beiden, ich sah wie Boris erschrak. Er ging raus und kam zurück mit einer Eisenschiene und einem schweren Hammer. „Mach die Augen zu, Carlowa," sagte der Mann, „das was ich jetzt tue, muss sein. Es muss!" Er tastete mein Bein ab und markierte eine Stelle oberhalb des Knies mit einem klobigen Bleistift. „Augen zu … du musst stark sein!" Ich machte nicht die Augen zu. Er drehte den Hammer mit der Spitze nach vorn … und brach mein rechtes Bein … ich verlor das Bewusstsein. Boris brachte ihn später nach Sakhalin zurück. Die Schmerzen … ich wurde fast wahnsinnig … jede Sekunde hab' ich gezählt … aber da war nichts zu machen. Boris musste manchmal die Riemen für kurze Zeit lockern …"
Carlowa zuckte schmerzlich mit den Schultern. „Aber es half. Irgendwann, nach zwei Wochen, hab' ich zum ersten Mal

gespürt, wie meine Beine sich bewegten, wenn ich mich anstrengte. Nach vier endlosen Monaten kam das Gestell weg ... es war, als würde ich neu geboren. Ich hatte zwar wunde Stellen im Rücken, aber ich konnte zum ersten Mal, mit Boris' Hilf aufstehen. Alleine durfte ich mich nicht in der Hütte bewegen, ich musste immer warten, bis er da war. Nach vier Tagen konnte ich wieder alleine ein paar Schritte gehen ... Es war wie im Himmel. Mein Bein war zwar wieder gerade zusammengewachsen, aber ich hatte noch immer kein Gefühl in den Beinen. Ich hinkte sehr stark. Einen Monat Wochen später nahm er mich mit nach Aniva. Er brachte mir alles bei, was ich über die Hochseefischerei wissen musste, um ihm im Hafen zu helfen. Aber Boris war arm. Die Hoffnung, irgendwann zu meiner Familie zurückzukehren verschwand immer mehr. Ich gab ihm meinen Ehering, damit er von dem Erlös die Reparatur eines Motorschadens bezahlen konnte. Boris beschwor mich, um Himmels Willen nie zu erwähnen, was ich gesehen hatte. Wenn das rauskäme, wären wir beide tot, hat er gesagt ... ich hab' geschwiegen ... auch dir gegenüber ..."
Atanow war bleich. „Was musst du alles mitgemacht haben. Du ... du hast alles richtig gemacht ... aber ... was für ein Verbrechen!"
Carlowa sah ihn an. Er schien um Jahre gealtert.
„Jurij, sag was, bitte."
Er hatte einen Kloß im Hals und schüttelte den Kopf. „Statt Überlebende zu retten ... haben die einfach auf sie geschossen," flüsterte er. „Die hätten ... dich auch getötet, wenn ..."
„Na? Habt ihr euch ausgesprochen?" Dimitrij kam zurück wie der Elefant in den Porzellanladen. Er gewahrte jedoch, dass nicht alles im grünen Bereich war und wollte die gute Laune etwas anheben. „Na? Was habt ihr zum Essen bestellt?"
Jurij und Carlowa blickten ihn an.
Das hatten sie ganz vergessen.

18. Kapitel. Moskau, Flughafen Domodedowo, 14. September 2003, mitten in der Nacht.

Pjotr sah sie schon von weitem kommen.
Blaulichter! Eine ganze Menge.
Der Tanz geht los, dachte er und verließ den Wagen. Jetzt liegt's an mir.
Er musste ins Hauptgebäude, bevor die Polizei zur Stelle war.
Aber das schaffte er nicht mehr.
Die Entfernung vom Armeeparkplatz bis zum Haupteingang des Flughafens war doch zu groß.
Sechs Polizeiwagen und vier Mannschaftswagen der Armee stoppten mit Sirenengeheul und quietschenden Reifen vor dem Flughafengebäude.
Das Heulen der Sirenen erstarb.
Polizisten und Soldaten sprangen heraus. Kommandos wurden gebellt.
Ein Einsatzleiter teilte mit lauten Befehlen die Soldaten ein und der Flughafen wurde systematisch abgeriegelt.
In der Ferne sah Pjotr, wie weitere Wagen mit Blaulicht sich in diese Richtung bewegten.
Es war höchste Eile geboten.
Er schätzte schnell die Lage ein. Vielleicht würde man ihn reinlassen, vielleicht auch nicht.
Kein Risiko! Der Fluchtweg, den er sich vorbereitet hatte, bewährte sich schon zum ersten Mal. Aber da die Armeelimousine nur unnötig Aufmerksamkeit erregen würde, legte er die Strecke bis zu Heizungsanbau zu Fuß zurück.
Noch waren keine Soldaten auf dieser Seite zu sehen.
Gut.
Er blickte sich einmal unauffällig um und verschwand durch die

Eisentür in den Heizungsraum.
Ab jetzt musste er verdammt schnell sein!
Wo würden die Atanows sich jetzt aufhalten?
Einen kleinen Vorsprung hatte er noch.
Die Einsatztruppe würde zuerst den Flughafen abriegeln und die Ausgänge besetzen, ehe sie mit der systematischen Durchsuchung beginnen würden.
Das Flughafengebäude war riesig, mit seinem breitgezogenen Hauptbau und den dann nach vorne auslaufenden Fluren bis zu den beiden achteckigen Terminals.
Das war seine Chance. Er entschied sich für die Restaurants im ersten Stock. Hier war noch keine Polizei zu sehen.
Und Pjotr hatte dieses Quäntchen Glück, das stets dem Tüchtigen vorbehalten ist. Er entdeckte so gerade noch Dimitrij, der in einer Ecke saß. Atanow und seine Frau waren von einer überdimensionalen Pflanze verdeckt.
Pjotr trat vor sie und salutierte.
„Generaloberst. Bitte melden zu dürfen: Polizei und Militär sind angerückt. Sie sind im Begriff, das Flughafengebäude zu umstellen. Ich fürchte, Sir, das gilt Ihnen."
„Wir müssen verschwinden." Dimitrij sprang abrupt auf.
„Ich bezahle zuerst." Atanow zog schnell seine Brieftasche hervor und winkte dem Kellner.
„Ich weiß, wo wir hinkönnen und wo es sicher ist, Generaloberst," sagte Pjotr schnell. „Folgen Sie mir bitte!"
Atanow hielt einen Moment inne und blickte ihn an. „Gut. Gehen Sie vor!"
Die vier eilten zu den Terminals an der rechten Seite.
Hinter ihnen hatte die Polizei schon damit begonnen, den Flughafenkomplex systematisch zu durchsuchen.
Doch Pjotr gab seinen Vorsprung nicht her.
Ungehindert gelangten sie durch die langen Flure in die Putzhalle und dann in den Heizungsraum.
Pjotr machte Licht.
„Was ist dies für ein Raum?" Atanow schaute sich verwundert um.

„Heizungsanlage für den Verwaltungstrakt, Generaloberst. Die eiserne Tür da führt nach draußen. Sie kann nur von innen geöffnet werden, wenn der Riegel zurückgeschoben wird. Aber zuerst … entschuldigen Sie bitte."
Pjotr verrammelte die Tür, durch die sie hereingekommen waren, mit einer schweren Eisenstange.
Jetzt war der Raum sicher.
Vorerst!
„Hier kommen wir nicht mehr weg, Jurij," sagte Carlowa angstvoll. „Wenn die die Gangways kontrollieren, kommen wir nicht mehr durch."
„Dazu fällt uns bestimmt noch was ein," sagte Jurij. „Keine Sorge."
Pjotr bat um Erlaubnis, die Lage draußen zu überprüfen. Ihm drohte ja keine Gefahr
Er konnte sich im Flughafen frei bewegen. Das war von Vorteil.
„Gut," sagte Dimitrij, „wir verrammeln die Tür hinter Ihnen und öffnen sie nur, wenn wir Sie an der Stimme erkennen und wenn keine Gefahr droht."
Pjotr salutierte und verschwand nach draußen.
Es sah schnell, dass das, was Carlowa befürchtet hatte, inzwischen Wirklichkeit geworden war.
Überall stand Polizei und Militär. Jeder Reisende wurde kontrolliert.
Pjotr biss die Zähne zusammen.
Das sah nicht gut aus. So würden die Atanows nie wegkommen.
Er suchte verzweifelt einen Ausweg.
Es gab keinen. Da war vorerst nichts zu machen.
Sollte er etwa mit ihnen aus Moskau raus, mit dem Wagen, und einen langen Fluchtweg zur Grenze vorbereiten?
Nein. Nicht gut. Der Flughafen blieb letztendlich die Gelegenheit, die die größten Chancen bot.
Aber je länger sie warteten, umso enger wurden sie eingekreist.
Unverrichteter Dinge ging Pjotr zurück zum Heizungsraum.
Komischerweise waren diese abgelegenen Räume noch nicht untersucht worden. Man begnügte sich anscheinend, die

Ausgänge zu besetzen.
Pjotr gab sich an der Tür zu erkennen und Dimitrij ließ ihn rein.
„Sieht schlimm aus, Generalmajor. Haupteingang, Notausgänge und Terminals besetzt. Kontrolle bei allen Reisenden."
„Das hatte ich befürchtet," ärgerte sich Dimitrij und blickte Atanow an.
Carlowa lag auf zwei Eisenstühlen und schlief erschöpft.
„Okay," sagte Atanow. „Ich möchte erreichen, dass Carlowa sich noch von ihren Kindern verabschieden kann, und dann müssen wir versuchen, von Moskau wegzukommen. Etwas Anderes gibt es nicht."
„Ich werde bei euch bleiben," entschied Dimitrij.
„Zählen Sie auf mich, Generaloberst!" Pjotr salutierte.

19. Kapitel Moskau, Flughafen Domodedovo 14. September 2003, am frühen Morgen.

Dirk brachte seine Kinder per Taxi zum Flughafen um sich von ihnen zu verabschieden.
„Hoffentlich ist Mam auch da," sagte Angelika, „ich möchte mich so gerne von ihr verabschieden."
„Ich glaub nicht, dass sie da ist," sinnierte Benny, „ich möchte auch nicht, dass sie sich noch mehr in Gefahr begibt."
„Das ist auch wieder wahr." Angelika nickte.
„He! Was ist denn hier los? Ist hier was passiert?" wunderte sich Dirk, als das Flughafengebäude in Sicht kam. „Kuckt euch mal dieses Polizeiaufgebot an!"
Mindestens zwei Dutzend Polizeiwagen und sieben Armee-Mannschaftswagen hielten inzwischen vor dem Haupteingang des Flughafens.
„Terroristen, Georgier!" sagte der Taxifahrer und hielt vor dem Gebäude. Er stieg mit aus und gab Angelika und Benny die Koffer aus dem Kofferraum.
Ehe man sie ins Gebäude ließ, wurden die Pässe geprüft.
„To, chto vy sdelali v Rossii?" blaffte ein Beamter sie an.
Dirk schüttelte den Kopf. „Tut mir leid, wir verstehen kein Russisch."
„Wass ‚aben Sie `ierr in Moskau gemacht?"
„Ich war bei einer Reisegesellschaft, aber Moskau hat mir besser gefallen als die Rundreisen, also hab' ich mich von meiner Gruppe getrennt."
„Und Sie?" Der Beamte wandte sich an Benny.
„Wir sind eine Familie. Das ist unser Dad."
Der Beamte gab sich mit dieser Aussage zufrieden, die Pässe waren in Ordnung, also winkte er sie barsch durch.

Die waren heute wohl besonders schlecht gelaunt.
Dirk blickte sich um.
Überall Polizei.
Naja, was sein muss, muss halt sein.
„Freut mich, Sie zu sehen," sagte da jemand hinter ihnen. Es war Pjotr, der sich grüßend an die Schirmmütze tippte. „Bitte, Herr Krüger, Herr und Frau Atanow möchten sich noch vorn Ihnen und Ihren beiden Kindern verabschieden."
Dirk blickte sich erstaunt um. „Wo sind sie?"
Pjotr beugte sich vor und senkte die Stimme. „Frau Atanow ist in größter Gefahr," informierte er sie leise und eindringlich. „Das hier …" er machte eine Kopfbewegung in Richtung Polizei, „…ist alles wegen ihr. Die suchen sie im Moment."
Dirk versteifte sich. „Was?? Wieso? Wissen Sie, wo sie ist?"
„Ja! Bitte, folgen Sie mir so unauffällig, wie möglich."
Pjotr stieg mit ihnen sicherheitshalber zuerst die Treppe hoch und achtete auf die Umgebung. Es war schon allerhand Betrieb im Flughafen und niemand gab besonders acht auf sie.
Vielleicht waren sich die Sicherheitskräfte, da sie in großer Zahl angerückt waren, ihrer Sache auch allzu sicher. Vielleicht war es auch der Umstand, dass er sich als Soldat bei dieser Dreiergruppe befand, dass sich niemand besonders für sie interessierte. Was auch immer.
Unbehelligt kamen sie zu dem rechten Flur zum Terminal, sowie durch die Wartungsräume.
Beim Heizungsraum, an der Eisentür angekommen, gab sich Pjotr zu erkennen.
Von innen wurde geöffnet.
Pjotr ließ sie rein und postierte sich als Wache davor. Für alle Fälle.
Da hatte er gut dran getan, denn eine halbe Minute später betrat ein Suchtrupp von drei Soldaten die Halle der Putzmaschinen.
Sie sahen Pjotr sofort und kamen auf ihn zu.
Einer der drei war ein Feldwebel. „Was tust du hier?"
„Raumkontrolle!" schnarrte Pjotr und salutierte. „Melde: Putzraum und Heizungsraum klar! Keine Verdächtigen!"

„Das möchte ich selbst sehen," knurrte der Feldwebel.
„Keine Einwände, Sir! Gebe aber zu bedenken, dass der Raum nach der Untersuchung aus technischen Sicherheitsgründen wieder abgeschlossen wurde." Pjotr rüttelte einmal an der Tür. „Man muss erst den Hausmeister mit dem Schlüssel holen."
Der Feldwebel rüttelte selbst einmal und winkte dann gelangweilt ab. „Weitermachen, Soldat!"
Pjotr salutierte wieder, und begann, die Putzmaschinen zu inspizieren, einer nach der andern.
Die Dreiergruppe schaute sich noch einmal kurz um und verschwand dann, wie sie gekommen war.
Drinnen nahm Carlowa Abschied von ihren Kindern.
„Mach's gut, mein großer Junge," sagte sie und nahm Benny nochmal in die Arme.
„Wir werden dich hier rausholen, Mam, und wenn es das letzte ist, was ich tue. Das schwöre ich."
Aber Carlowa schüttelte traurig den Kopf. „Nein, mein Junge. Ich komme hier nicht mehr weg. Lasst es gut sein. Bleib so wie du bist und vergiss deine Mam nicht."
Atanow presste die Lippen aufeinander. Er wusste, dass der Flughafen keinen Ausweg mehr bot, außer diese Eisentür hinter ihnen. Das würde eine sehr komplizierte Flucht Richtung polnische Grenze werden. Aber für Carlowa war ihm nichts zu schade.
Sie sah Dirk an. „Dirk, du bist der, der am meisten durchmachen musste! Und du hast alles weggesteckt, wie ein richtiger Mann. Komm! Nimm deine Sonja endlich auch noch einmal in die Arme!"
Dirk schloss die Augen, als sie sich an ihn drückte. Danke, alter Herr da oben. Danke, dass du sie mir noch ein einziges Mal für einen kurzen Augenblick zurückgegeben hast. Das werd' ich dir nicht vergessen, dachte er.
Dann umarmte Carlowa ihre Tochter. „Du bist ein schönes Mädchen geworden, Angelika. Behalte deine Mam in guter Erinnerung, versprichst du mir das?"
Angelika nickte unter Tränen und presste ihre Mam fest an sich.

Dirk sah hin …

… er sah wieder hin … und …

„Moment mal!"

Alle drehten sich nach ihm um.

„Nicht so schnell das Ganze!" sagte Dirk gedehnt.

„Was ist los, Dad?" fragte Benny, der seinen Vater genau kannte.

Dirk hob abwehrend beide Hände. „Lasst mich mal überlegen."

Aber dann sah er abrupt auf. „Schnell! Sonja und Angelika. Tauscht die Kleider!"

„Dad, was …?" Angelika löste sich von ihrer Mutter.

„Frag nicht! Pronto! Es ist noch Zeit! Angelika, Pferdeschwanz! Sonja, Haare offen!"

„Alles umdrehen!" verlangte Angelika trotzig.

„Oh, Mann!" Benny verdrehte die Augen gegen Himmel.

„Was haben Sie vor, Dirk?" flüsterte Atanow leise, der sich auch umgedreht hatte. Dirk überlegte noch immer.

„So! Fertig!" erklang es hinter ihnen.

Alle drehten sich um.

Atanow und Dimitrij fielen die Kinnladen herab.

Benny fasste sich an den Hinterkopf. „Oh, leck mich …" stammelte er.

Selbst Dirk war verblüfft über das Resultat. Aber er hatte es geahnt als Sonja und Angelika sich umarmt hatten.

Mutter und Tochter sahen sich verdammt ähnlich.

„Wie geht's jetzt weiter?" fragte Atanow gespannt. Er begriff, dass Dirk der Lösung des Problems ganz nah war.

Aber … er begriff auch noch was …

Dirk sah ihm in die Augen. Es war eine stumme Absprache.

Aber derer bedurfte es eigentlich nicht. Atanow nickte unmerklich.

Für ihn gab es keinen Platz in diesem Fluchtplan.

„Angelika stehst du zu dem, was du gestern Abend gesagt hast?"

„Wenn du das von Mam meinst, dann zählt auf mich, Dad!" Angelikas Augen blitzten.

„Dann tauscht die Koffer und die Papiere! Schnell! Benny! Du hast jetzt mit Angelika (er deutete auf Carlowa) einen Flug zu nehmen. Gib Gas! Los! Bewegt euch!"
Carlowa blickte Atanow an. „Jurij …"
Atanow nickte ihr beruhigend zu. „Geh … du bist es, die in Gefahr ist. Dirk hat völlig recht, es ist die einzige Lösung. Ich und Dimitrij, wir bleiben unbehelligt. Irgendwann …" er presste die Zähne zusammen „…aber zuvor habe ich hier in Russland einen Saustall auszumisten, shtopat! Und was für einen!"
Dimitrij rief derweil Pjotr leise durch die Tür an.
Benny und seine Mutter gingen hinaus und Dimitrij verrammelte wieder die Tür hinter ihnen.
„Ich bringe Sie zur Haupthalle und werde dem Generaloberst Bericht erstatten, wenn Ihre Maschine gestartet ist," sagte Pjotr.
„Wieso tun Sie das alles?" fragte Benny, der geschnallt hatte, dass Pjotr hier weit mehr leistete, als zur Pflicht eines einfachen Soldaten gehörte.
„Der Generaloberst ist der beste Vorgesetzte den ich je hatte! Ein Soldat wählt stets die gute Seite, Herr Krüger. Und ich mag die Frau Atanow, sie ist ein sehr guter Mensch."
„Spassiwa, danke, Pjotr," sagte Carlowa hinter ihm.
Pjotr fuhr erschrocken herum.
Ihm fiel die Kinnlade herunter. „Sie?!? Frau Generaloberst? … Verzeihung! Ich hatte Sie jetzt nicht …"
„Weiter!" drängte Benny, der bemüht war, zeitgerecht einzuchecken und damit so wenig wie möglich Aufsehen zu erregen.
Wenn Pjotr es nicht gemerkt hatte, dann standen ihre Chancen gar nicht so schlecht.
Es war Sonntag in Moskau und der Flughafenbetrieb in der Haupthalle, hatte es in sich.
Die Ordnungskräfte patrouillierten zwar noch und zeigten Präsenz, aber die Nadel im Heuhaufen konnte jetzt nur noch an den Terminals und an den Ausgängen gefunden werden.
Der Check-in am Schalter war pure Routine.

Benny und Angelika hatten auf ihrer Hinreise darauf geachtet, nur genormtes Handgepäck bei sich zu haben. So erübrigte sich das Aufgeben von Gepäck und das Ausstellen einer Bordkarte.
Dann kam die Sperre.
Eine Warteschlange von rund einem Dutzend Reisenden hatte sich schon davor gebildet. Zwei uniformierte Polizisten und zwei Inspektoren in Zivil, sowie jeweils vier bewaffnete Soldaten sicherten den Ausgang zur Gangway, hier am Flughafen Domodedovo automatisch ausfahrbar, bis zum Flugzeug.
Draußen stand die Maschine, eine dreistrahlige Tupolew TU-154 der Aeroflot.
„Wir schaffen das, Mam," sagte Benny. „Kannst du streiten?"
„Was meinst du damit, streiten?"
Benny grinste leicht. „Leute sind immer genervt, wenn zwei sich streiten. Da gibt's keine Unterschiede. Da ist einer wie der andere. Wenn wir uns streiten, winken die uns schnell durch, du wirst sehen."
„Ich weiß nicht, ob ich je mit dir streiten könnte, Benny."
„Du musst über deinen Schatten springen, Mam. Für dich. Für mich. Für uns alle!"
Sie nickte tapfer. „Ich werd's versuchen."
„Gut. Zuerst böse kucken! Du bist genervt, ich bin genervt, klar?"
Langsam rückten sie nach vorn. Die Kontrollen waren sehr genau, stellte Benny beunruhigt fest. Die Inspektoren in Zivil prüften eingehend jeden Pass, jedes Gesicht und stellten Fragen.
„Das wird nicht leicht," flüsterte er besorgt.
„Lass mich in Ruhe! Du gehst mir auf den Wecker!" Sonja hatte ihre Stimme leicht erhoben.
Ach so ist das, dachte er. Es funktionierte. „Ich geh' dir auf den Wecker? Jetzt auf einmal? Ich hab' dir das Abendessen für dich und deinen neuen Freund bezahlt. Er ist sowieso zu alt für dich! Er hätte das auch gut selbst bezahlen können … und jetzt geh ich dir auf den Wecker? Hätte ich dir nicht gestern Abend auf

den Wecker gehen können, dann hätte ich wenigstens das Abendessen gespart gehabt."
„Mein neuer Freund ist gar nicht so alt," maulte sie. „Er passt ganz gut zu mir! Das ist pure Brudereifersucht, die du da an den Tag legst! Jetzt hast du eeeinmal in meinem ganzen Leben etwas für mich bezahlt und tust als ob ich dir seit meiner Geburt auf der Tasche liege. Du Geizkragen! Mit dir selbst bist du immer großzügig, aber sobald ich dich um etwas bitte, ist jeder Cent zuviel! So teuer war das übrigens gar nicht!"
„So teuer war das gar nicht," äffte er sie nach. „Nein! Das war es nicht! Aber hat sich jemand von euch beiden bei mir bedankt? Neiheein! Das braucht die liebe Schwester ja nicht. Und ihr Freund schon gar nicht! Außerdem sieht er aus als ob er trinken würde!"
„Was!??" Sonja stemmte die Hände in die Hüfte. „Jetzt werd' ich aber sauer! Du läßt ab sofort meine Bekanntschaften aus dem Spiel, oder es passiert hier was. Vasilii trinkt nicht! Und damit basta!"
„Aaach sooo, Vasilii heißt der Typ? Gut dass ich das jetzt auch mal weiß. Er hat die ganze Zeit nur Russisch ge…"
„Ruhe, bitte!" Einer der Inspektoren hatte die Stimme erhoben und schaute sie streng an. Es waren noch etwa fünf Reisende vor ihnen.
Aber Benny ließ sich nicht die Bohne einschüchtern.
„Und ich sage dir, er ist zu alt für dich!" verpasste er ihr den nächsten Seitenhieb.
„Wie kannst du das wissen, du blöder Affe? Du kennst ihn doch gar nicht! Du kennst nicht mal seinen Vornamen, also, wie willst du plötzlich wissen wie alt er ist? Bist du jetzt der große Hellseher?"
„Ha, für sowas braucht man kein Hellseher zu sein! Du bist selbst erst dreiundzwanzig …"
„Ich sagte: **Ruhe!**" Der Beamte runzelte unheilvoll die Stirn.
Die nächsten zwei Passagiere waren durch.
„Wieso, Ruhe? Sind wir hier in der Schule? Ich rede ja nicht mit Ihnen!" Benny wandte sich wieder Sonja zu. „Siehst du,

wie das geht, wenn du mit mir streitest! Jetzt kriegen wir noch Schwierigkeiten wegen dir! Aber neeeiin! Immer hast du was zu meckern!"

„Aber du hast ja angefangen! Du hast gesagt Vasilii wäre zu alt für mich! Ich bin schließlich 23, also kann ich machen, was ich will! Und nun halt den Mund!"

„Oh! Ah! Ich soll auf einmal den Mund halten! Die kleine Schwester verbietet dem großen Bruder den Mund. Ja, wo sind wir denn plötzlich hier?" Wieder war ein Passagier durch.

„Und deine dicke Freundin ist dann wohl das neue Schönheitsideal. Mit ihren 90 Kilo sieht sie doch noch richtig schlank aus!"

„**Ruuuhe!**" blaffte der Beamte wieder dazwischen, aber das war für die Mauern.

„Oooh, dass Ingrid nicht deine Figur haben kann, das ist ja wohl klar! Du rauchst 25 Zigaretten am Tag und feierst auch noch bis in die Nacht hinein. Nein! Sie ist ein liebes Mädchen und ich mag sie so, wie sie ist! Du kannst sie nur nicht ausstehen!"

„Ich kriege Platzangst, wenn ich hinter ihr die Treppe hochsteige. So einfach ist das! Wenn sie auf mich fällt, bin ich platt wie 'ne Flunder!"

„Blödsinn! Sie ist vielleicht dick, aber sie säuft wenigstens nicht. Was tut dein neuer Freund übrigens so? Arbeitet er oder was? Es hat nämlich nicht so ausgesehen, als ob er irgendeinen Rubel in der Tasche hätte. Vielleicht hätte er ja auch mal einen ausgeben können. Ich glaube, ich sag' unserer Mam Bescheid. Nächstes Mal komme ich allein nach Moskau, dann kannst du meinetwegen zu den Fidschi-Inseln fliegen!"

„Oh nein! So nicht, Brüderchen! Wenn du nach Moskau kommst, komme ich mit! Du hattest mir das versprochen! Und jetzt willst du dich drücken … ooh, jetzt weiß ich warum. Du willst deine dicke Ingrid an meiner Stelle mitbringen! Das hast du dir fein ausgedacht. So wird das …"

„**Ruhe! Pässe bitte!**" brüllte der Beamte dazwischen. Sieh da, sie waren an der Reihe.

„Was ist das für ein Ton?" blaffte Benny zurück. „ich denke, Russland ist ein gastfreundliches Land. So steht's jedenfalls im Internet! Haben Sie schlecht geschlafen? ...Wo hab' ich denn den Lappen?"
Umständlich wühlte er in seiner Manteltasche.
Sonja hatte Angelikas Pass schon in der Hand und hielt ihn dem Beamten unter die Nase. „Ich wette, du hast deinen verloren!" grantelte sie, und zum Beamten gewandt: „Können Sie meinen Bruder nicht hierbehalten? Nur für ein paar Tage. Dann könnte ich nämlich in Ruhe nachhause …"
„Wo wohnen Sie in Deutschland?" unterbrach sie der Beamte wütend.
„Aber das steht doch da, Gillenfeld!" fiel Benny ihr ins Wort, „können Sie nicht lesen? Das sollten Sie aber! Ach ja, Sie haben ja die kyrillischen Buchstaben …"
„Hör auf, die beiden Herren zu beleidigen, Benny!"
„Aber ich beleidige doch niemanden! Oder hab' ich Sie etwa jetzt beleidigt? Dann sagen Sie's einfach und ich reiß' mich am Riemen! Ich habe aber nicht das Gefühl …"
„Er bringt sich immer in Schwierigkeiten … es ist immer dasselbe mit ihm," entschuldigte sich Sonja bei den Beamten.
„Was haben Sie hier in Moskau gemacht, Herr Krüger?" fragte der Beamte streng.
„Wir waren übers Wochenende hier! Aber, ob ich nochmal wiederkomme, das ist höchst fraglich! Jedenfalls nicht, wenn ich die hier im Schlepptau habe!" Er zeigte auf Sonja. „Ihre Kontrollen tragen auch nicht gerade zur guten Laune bei, müssen Sie wissen! Haben Sie auch eine Schwester, die Ihnen immer hinterherrennt und keinen Freund findet, der sich für sie interessiert?"
„Vasilii interessiert sich sehr wohl für mich, du hast es selbst gesehen …"
„Wie heiß Ihr Freund Vasilii mit Nachnamen?" Die Laune des Beamten besserte sich nicht.
Benny lachte laut auf. „Das ist es ja! Sie weiß es nicht! Lacht sich hier in Moskau ‚nen Kerl an und kennt nachher nicht mal

seinen Namen! So bescheuert können nur Frauen sein!"
„Geben Sie endlich Ruhe!" donnerte der Beamte. „Kommen Sie mal hier zur Seite! Wir werden Sie genauer kontrollieren! Ihr Benehmen entspricht nicht dem eines normalen Reisenden!" ... und zu Sonja ... „Gehen Sie durch, Miss. Ihre Papiere sind in Ordnung!"
„Siehst du! Das hast du nun davon! Diese Herren tun nur ihre Pflicht und du spielst hier den Affen! Bitte, meine Herren, gehen Sie nicht zu grob mit ihm um, er ist mein großer Bruder, und ich weiß nicht, was ich ohne ihn tun soll..."
Der Beamte verzog keine Miene und scheuchte sie energisch weiter.
„Prokhozhdeniye cherez eti idioty radi svego svyatogo, Alec (Lass diesen Idioten doch um Himmels Willen durch, Alec)," flüsterte der zweite Inspektor seinem Kollegen wütend zu. „My ishchem dlya rossiyskogo ledi 40 let (wir suchen eine russische Dame von über 40 Jahren) Chto eto za bred? (Was soll also dieser Quatsch?)"
Der erste Beamte nickte unmerklich und wandte sich Benny zu.
„Gut! Sie können passieren, Herr Krüger. Aber ich rate Ihnen dringend, in Zukunft Ihr Benehmen den Umständen besser anzupassen. Gehen Sie jetzt!"
Benny, sichtlich eingeschüchtert, sagte kein Wort mehr und folgte Sonja wie ein geprügelter Hund.
Dann waren sie in der Gangway verschwunden.
Pjotr, der das ganze Schauspiel aus einer gewissen Entfernung beobachtet hatte, grinste anerkennend.
Teufel! Sie waren durch!
Der junge Krüger war gut. Gut und gerissen!
Wehmütig erinnerte er sich Pjotr an seine eigene Mutter, die ja auch eine Deutsche gewesen war. Sie hatte auch immer so mit ihm gegrantelt, aber innendrin hatte sie ein sehr weiches Herz und war einer der liebsten Menschen geblieben, die er je in seinem Leben gehabt hatte.
Die beiden waren mit ihrem spottbilligen Trick durch die Sperre gekommen und hatten das Unmögliche möglich gemacht.

Wahnsinn!

Es dauerte auch nicht lange, da wurden die Triebwerke der Tupolew gestartet.

Pjotr behielt Stellung. Er erlaubte sich seinerseits nicht den geringsten Fehler und wartete, bis die Maschine in der Luft war und in der Wolkendecke verschwand, Richtung Deutschland.

20. Kapitel. Moskau, Flughafen Domodedowo, 14 September 2003, 9 Uhr 30.

Die zwei hohen Offiziere, die soeben mitten durch die Halle kamen, strahlten uneingeschränkte Autorität aus.
Und sie waren nicht gut drauf.
Die Soldaten salutierten.
Jetzt, da Carlowa weg war, konnte die Show beginnen.
Generaloberst Jurij Atanow und Generalmajor Dimitrij Baranow beorderten den Einsatzleiter zur Stelle. Sofort!
„Praportschik Bolschakow, Einsatzzentrale Moskau, Leiter der Abteilung 6, meldet sich zur Stelle, Generaloberst …"
„Wurde meine Frau schon gefunden?" schnitt ihm Atanow barsch das Wort ab.
Bolschakow fiel die Kinnlade herunter. „Äh, nein, Sir. Noch nicht! Wir haben alle Ausgänge und Terminals besetzt. Der Flughafen ist dicht! Hier kommt niemand …"
„Dicht?" Baranow lächelte geringschätzig. „Wurde unsere Ankunft Ihnen denn gemeldet, Praportschik?"
„Äh, nein, Sir."
„Na sehen Sie!" Dimitrij blickte Atanow an, wie wenn er sagen würde: <Siehst du, was hab' ich dir gesagt? Lauter Nieten!>
„Finden Sie sie!" befahl Atanow mit erhobener Stimme. „Und geben Sie mir sofort Bescheid, wenn Sie sie haben!"
„Wird gemacht, Generaloberst! Zu Befehl!" Der Praportschik ärgerte sich grün und schwarz. Hätten die Nullen der Einsatzzentrale ihm nicht mitteilen können, dass die gesuchte Carlowa Atanowa ausgerechnet die Ehefrau von Generaloberst Atanow war? Verdammt und zugenäht! Er hätte sich zehnmal mehr ins Zeug gelegt. Wie stand er jetzt da?
Unauffällig warf er blitzschnell einen Blick auf sein Umfeld,

auf seine Soldaten.

Natürlich! Die standen zwar waffenstarrend, aber teilweise uninteressiert und nutzlos bei den Polizisten herum und hielten Maulaffen nach schönen Weibern feil.

„Kursant Semjonow!!" schrie Bolschakov, hochrot im Gesicht.

„Was ist das hier für ein Saustall? Wenn ich in zwei Minuten noch einen einzigen Mann sehe, der hier seinen Dienst vernachlässigt, dann sind alle Ruhetage für die nächsten zwei Monate gestrichen! Und Ihrer Karriere können Sie in Murmansk nachweinen! Ist das klar? Bewegung, Mann!"

Kursant Semjonow schrie daraufhin seine Oberfeldwebel an. Die Oberfeldwebel schrien ihrerseits die Feldwebel an, und die schissen ihre Soldaten zusammen.

So kam richtig Schwung in die Bude.

Nur hatte dies so wenig Effekt, wie eine laue Sommerbrise, die durch die zerrissenen Segel einer alten Windjammer streift.

Die Frau des Generaloberst tauchte nicht mehr auf.

Weder auf dem Flughafen Domodedowo noch sonstwo in Russland.

Dafür aber tauchte ein genervter Vater mit seiner hübschen Tochter bei der deutschen Botschaft in Moskau auf, Mosfilmowskaya Straße 58. Er brauchte nicht am rostbraunen Tor zu klingeln, denn rechts und links vom Tor befinden sich kleine Pförtnerhäuschen, dessen Beamte sich hilfsbereit nach ihren Wünschen erkundigten.

Die Botschaft selbst, umgeben von einer rotbraunen drei Meter hohen Ziegelmauer, wirkte ziemlich kastenähnlich und modern, erwies sich jedoch als effizient.

Einen Pass einfach als verloren zu melden und Ersatzdokumente zu beschaffen, ist nämlich in Russland gar nicht so einfach. Auf der Botschaft informierte man Dirk und Angelika, dass ein Ersatzausweisdokument erstellt werden müsse. Hierzu bräuchte man ein polizeiliches Protokoll, eine Verlustmeldung. Die Botschaft würde ihnen zu dem Zweck einen Dolmetscher mitgeben, der sich bei den jeweiligen

Polizeidienststellen genau auskannte.
Die Zeit arbeitete für die beiden. Es war jetzt 9 Uhr 50.
Angelika musste sich einem Verhör unterziehen, bei dem sie umständlich zugab, den Pass im Hotel Oksana verloren zu haben. Der zuständige Beamte ließ sich mit dem Hotel verbinden, beendete dann aber unverrichteter Dinge das Gespräch, nachdem der Empfangsleiter bestätigt hatte, dass Fräulein Angelika Krüger in diesem Hotel eine Übernachtung gehabt hätte und am Morgen ordnungsgemäß ihren Zimmerschlüssel abgegeben hatte. Der Beamte notierte weiterhin, dass der Passverlust auf dem Weg zum Flughafen im Taxi bemerkt worden sei, als sie ihre Papiere für den Check-in hervorholen wollte.
Naja. Viel mehr gab's da nicht nachzuprüfen.
Der Beamte zuckte mit den Schultern und stellte routiniert die Verlustmeldung aus.
Dirk sah verstohlen auf die Uhr und rechnete nach. Der Nonstop-Flug von Moskau Domodedowo nach Berlin-Tegel dauerte zirka zweieinhalb Stunden. Es war jetzt kurz vor zehn Uhr. Benny und Sonja waren mit einer Viertelstunde Verspätung aus Moskau weggekommen. Sie wären erst in Sicherheit, wenn sie den Flughafen Berlin-Tegel verlassen hätten. Noch zehn Minuten bis zur Landung.
Dann wieder zurück zur Botschaft.
Mit Bedauern teilte der Beamte ihnen mit, dass an Sonn- und Feiertagen das Pass-Büro die zuständigen Behörden in Deutschland für einen Identitätsbeweis nicht erreichen könnte. Dafür müsste man bis morgen warten.
Jetzt platzte Dirk der Kragen. „Nun schlägt's aber dreizehn!" schimpfte er. „Ich bin der Vater dieser Kleinen und werde das eidesstattlich bezeugen. Meine Papiere sind perfekt in Ordnung. Das ist meine Tochter Angelika. Punkt! Aus! Was wollen Sie denn noch?"
Der Beamte gab zu, dass ein Familienangehöriger ersten Grades mit ordnungsgemäßen Papieren ja eigentlich für einen Identitätsnachweis genügen dürfte. So legte er denn das

Formular für den Passantrag vor.
Und siehe da! Die Passfotos konnten ebenfalls an Ort und Stelle gemacht werden, denn die Botschaft war für sowas eingerichtet. Aber jetzt - hurra Deutschland - da der Passantrag außerhalb der normalen Bürozeiten angefordert war, kostete das Ausstellen des Reiseausweises als Passersatz 29,00.- statt 21,00 Euro und die waren, bitte schön, in bar und zwar in russischen Rubeln (nicht etwa in Euro) bei der deutschen Botschaft zu entrichten.
Dirk konnte nur noch den Kopf schütteln.
Aber dann! Es war 10 Uhr 45 als sie aus der Botschaft rauskamen und das Dokument, das Dirk in seinen Händen hielt, war wertvoller Gold.
Benny und Sonja waren jetzt in Sicherheit. Und Angelika hatte einen gültigen Reiseausweis.
Dirk atmete einmal tief durch.
Es war Sonntagmorgen. Der schönste Sonntagmorgen der Welt.

21. Kapitel Moskau. Ein Haus in der Ulitsa Gvozdeva, 14. September 2003.

Was für den einen der schönste Sonntag der Welt war, war für einen anderen der Ehekrach des Jahrhunderts.
Nun ja! Es war immerhin halb zehn, als Generalmajor Dimitrij Baranow sorgfältig die Haustür hinter sich ins Schloss drückte und … als die erste Porzellantasse geflogen kam.
Mit lautem Knall zersprang die Tasse an der Haustür und die Scherben flogen durch den ganzen Flur. Genau in derselben Flugbahn kam schon die nächste Tasse und traf ihn schmerzhaft an der Schulter.
„Au!! Was …?"
Päng! Klirr! Die dritte Tasse traf die Haustür genau in Höhe der kleinen Glasraute, aber nur, weil Dimitrij sich im allerletzten Moment geduckt hatte. Sie durchschlug die Glasraute wie ein 18-Millimeter-Geschoss und zerschellte draußen auf dem Pflaster.
„Xenja!? Was …?"
„Du Dreckskerl! … du Hurenbock! … du Saufkopf!"
Xenja war auf dreihunderttausend und mit jedem Wort, mit dem sie ihn anschrie, kam das geflogen, was sie gerade in die Finger kriegte.
„Xenja! Ich war im Einsatz!" rief er in Panik und fing einen schweren Blumentopf ab. Er bekam ihn zwar glücklich zu fassen, aber am falschen Ende. Die Pflanze flog raus und er war über und über mit feuchtem Dreck besudelt.
„(klirr!) … Ich werd' dir … (klirr!) … was erzählen … (pläng!) … über Einsätze!" schrie sie und warf ihm in ihrem Eifer zwei Porzellanschüsseln, die eiserne Kaffeekanne, eine Suppenkelle und eine Handvoll metallener Eierbecher nach ihm. In Panik stellte er fest, dass sie immer besser traf.

„Ich war bei Sergej Sorokin ..." schrie Dimitrij.
„Ich ... (peng!) ... kenne keinen Sergej ... (rumms!) ... Sorokin ... (autsch! Sie hatte schon wieder getroffen)...!"
Den leeren Kochtopf vermochte er noch abzufangen, aber der dazugehörige Deckel traf ihn am Knie.
„Wie heißt sie?!?" schrie sie ihn an.
„Was?!? Wer?"
„Wie heißt ... (kläng!) ... die Hure ... (klirr!) ... bei der du dich ... (autsch! Verdammt!) ... rumgetrieben hast?"
„Oh, nein! Nicht den Samowar!! Der ist von meiner Großmutter!"
Pläng! Den Samowar hatte es gegeben.
„Sergej ist vom Geheimdienst ..."
„Ich kenne keinen ... (peng!) ... Sergej ... (klirr!) ... vom Geheimdienst ... (patsch!) ...!"
„Aber Xenja, es ist wahr!!"
„Erzähl das ... (schepper!) ... deiner Mutter! Hier hast du sie übrigens!"
„Oh, nein! Nicht Mamuschkas Foto!!"
Päng! Klirr!
„Du hast dich mit diesem Sergej zum Saufen verabredet ... (ein Kaktus kam geflogen der ihm schmerzhaft in die Finger stach) ... und dann ... (sie riss die Suppenteller heraus) ... treibst du dich ... (Suppenteller) ... die ganze Nacht ... (Suppenteller) ... mit Weibern rum ... (Suppenteller) ... Mudak! Gomik! Schürzenjäger ... (Suppenteller) ... du Lüstling ... (Suppenteller) ... du ..." Die Suppenteller waren alle.
„Oh, Gott, nein! Bitte nicht meine Sportabzeichen!"
„Hier ... (zack!) ... hier ... (zack!) ... und hier ... (zack! Autsch, verdammt!) ... jetzt kannst du ... (zack!) ... Sport machen ... (zack! Autsch, schon wieder!) ... soviel du willst ... (zack!).
In höchster Not und im allerletzten Moment bekam er Xenja an beiden Handgelenken zu fassen bevor sie sich der Küchenmesser bemächtigen konnte.
„Sukin Syn! Babnik! Fremdgänger! Weiberheld! Ich werde dich

vierteilen!" schrie sie außer sich. Sie konnte zwar nicht mehr werfen, aber dafür kassierte er zwei kräftige Tritte gegen das Schienbein.
Er sah, dass ihr dünnes Nachthemd nach unten gerutscht war und ihre rechte Schulter entblößt hatte. Sie kriegte ihre Hand los und setzte ihm ihre Faust in den Magen. Der Schlag war nicht von schlechten Eltern. Dimitij klappte nach vorn und sie erwischte die Pfanne um ihm damit eins überzubraten.
In seiner Not umschlang er Ihre Hüften und hob sie hoch.
Die Pfanne fiel glücklicherweise zu Boden.
Erstaunt stellte er fest, dass seine Xenja sehr leicht war.
Bemerkenswert, für die Kraft die sie entwickelte. Sein Feststellen wurde mit zwei derben Ohrfeigen quittiert, die er mit geducktem Kopf einsteckte.
Verdammt!
Das war's ihm wert!
Er hatte seinen Kopf zwischen ihren weichen Brüsten.
„Tu dein blödes Pferdegesicht da weg!!" schrie sie und knallte ihm das nächste Paar Maulschellen, dass ihm die Ohren wackelten.
Aber er hielt sie weiterhin fest. Sie strampelte und schlug ihm die Fäuste in den Rücken.
„Was grinst du so, du blöder Affenarsch?"
Sie spürte seine kräftige Hand an ihrem Hinterteil.
„Oh, nein!! Kozyoi Urod! Das kannst du vergessen, du geiler Hurenbock! Ich werd' doch hier jetzt nicht mit dir …"
Er fand, dass sie mit ihrem hochroten, zornigen Gesicht wunderhübsch aussah, und nahm sie fester in die Arme.
„Du zerdrückst mich, du Wichser!" kreischte sie und rang nach Atem.
Entsetzt stellte sie fest, dass er sich mit ihr in Richtung Schlafzimmer bewegte.
Verzweifelt stemmte sie sich gegen ihn. „Lass mich los, du blaubesoffener Pferdefurz … wenn du glaubst, du kannst mich jetzt hier auf den Rücken legen …"
Er schaffte es, ihr einen Kuss auf die Lippen zu drücken.

„Bäh!" Angeekelt riss sie den Kopf zur Seite. „Du stinkst nach Wodka! Alkogolik!"
„Und du nach Frühlingsblüten! Mmmh … moya vesna tsveteniye," keuchte er, und kassierte die nächste Ohrfeige.
„Was ist denn das für ein dämliches Kompliment?" schrie sie. „Musst du sowas auch zu deinen Weibern sagen?"
Die Tür zum Schlafzimmer flog krachend auf. Er hatte mit dem Fuß dagegen getreten.
„Ich hasse dich!" schrie sie.
„Ich liebe dich, meine kleine Honigpuppe, mm..moy Med kukla!" Und wieder kassierte er eine.
„Ist das die ganze Romantik, die deinem Spatzenhirn einfällt, du stinkende Schnapsnase!"
Rücklings flog sie aufs Bett. Ihr dünnes Nachthemd rutschte hoch. „Untersteh dich!" schrie sie noch.
Ans Ausziehen verschwendete er keine Zeit sondern warf sich einfach auf sie, so wie er war.
Sie versuchte noch, sich zu wehren, aber dann riss sie die Augen auf und hielt sich an ihm fest.
„Oh, Gott! Dimitrij!" Ihr blieb die Luft weg.
Aber Dimitrij war in dem Zustand, in dem er einen Bullen niedergerungen hätte.
„So hast du es lange nicht mehr mit mir gemacht…" sie klammerte sich an ihn und küsste ihn.
Als Frau spürte sie, dass er nicht fremdgegangen sein konnte. Denn, wer die ganze Nacht säuft und mit Weibern verbringt, der überfällt am nächsten Morgen nicht seine Frau mit der Kraft eines wildgewordenen sibirischen Bullen …

„Verdammt! Ich muss mich anziehen! Ich bin mit Carlowa zum Mittagessen verabredet!" Xenja fuhr hoch.
Sie hatte erschöpft und glücklich in Dimitrijs Armen gelegen und die Zeit vergessen. „Sie muss mir unbedingt erzählen wie's gestern mit Krügers Kindern gelaufen ist."
„Xenja …" Dimitrij schaute sie an.

„Verdammt! Hilf mir! Ich bin spät dran. Du schmeißt mich aufs Bett, dass ich alle Glocken vom Petersdom höre und dann hilfst du mir nicht einmal ..."
„Xenja, komm her ... bitte."
Sein ernster Ton ließ sie aufhorchen. Befremdet drehte sie sich um. „Was ist?"
„Es ... gibt keine Carlowa mehr..."
„Was?!"
„Jurijs Frau musste flüchten ... raus aus Moskau ... raus aus Russland."
„F...flüchten?"
„Ja, flüchten! Carlowa ist Sonja Hartmann, Krügers ehemalige Frau! Der Geheimdienst ist hinter ihr her. Sergej Sorokin traf mich gestern im Kurvuazye ... damit ich Jurij warnen konnte ... aber die waren schon da.
Sergej hat einen von der Moskauer Zentrale beseitigt und ich fuhr zu Jurij um Carlowa aus Russland rauszuschaffen. Wir waren gerade am Flughafen als sie den dichtmachten. Es wurde sehr knapp. Wir versteckten uns, und als Krüger mit seinen Kindern kam, schleusten wir Carlowa an Angelikas Stelle durch die Sperre und sie entkam nach Deutschland. Heute Morgen. Um 7 Uhr 32."
Xenja klappte die Kinnlade herunter und musste sich erst mal aufs Bett setzen.
„Wieso ... ist sie Krügers Frau gewesen?"
Dimitrij senkte den Kopf. „Vor 20 Jahren ist eine Koreanische Passagiermaschine von unserer Luftabwehr über Sakhalin abgeschossen worden ..."
Xenja erschrak sichtlich.
„ ... Carlowa saß drin ... und konnte als einzige gerettet werden ..."
„Aber wieso ... hat sie das nie erwähnt? Sie war doch meine Freundin! Und ... was hat der Geheimdienst damit zu tun? Ist sie eine Spionin?"
Dimitrij schüttelte bekümmert den Kopf. „Ooh, nein! Eine Spionin ist sie nicht. Nicht im Geringsten. Aber ... weshalb

man sie gesucht hat …" Baranow senkte den Kopf „das willst du nicht wissen."
Sie starrte ihn verständnislos an.
„Damals … bei der Rettungsaktion für die Überlebenden … ist etwas passiert …"
Ihre Augen weiteten sich. „Du sagtest … sie hätte als Einzige überlebt …"
Dimitrij nickte. „Hat sie auch … stell bitte keine weiteren Fragen mehr. Ich kann sie dir nicht beantworten."
Xenja blickte ihn einen Moment lang an. Ängstlich nahm sie seine Hand. „Dann … bist du also gar nicht … fremdgegangen?"
Er fuhr sich müde mit der anderen Hand über die Augen. „Nein! Bin ich nicht! Alles, was ich an Wildem jemals erlebt hab', war vor deiner Zeit! Seit wir geheiratet haben … bin ich nicht mehr … Herrgott, Xenja, weshalb soll ich mich mit der Zweitschönsten zufrieden geben, wenn ich die Schönste geheiratet hab'?"
Sie machte große Augen. Aber dann begann sie zu lächeln.
„Na, endlich mal ein Kompliment, das wieder auf mich zutrifft! Ich hatte schon die Hoffnung aufgegeben! Komm, drück deine Xenja noch mal so wie vorhin, mein Großer!"
Sie schmiegte sich an ihn. „Weißt du, wie mich das angemacht hat, als du die Tür zum Schlafzimmer aufgetreten hast, um mich aufs Bett zu schmeißen?"

22. Kapitel. Gillenfeld, ein schmuckes Haus am Schwalbenweg. 14. September 2003, spät abends.

Es war wie ein Erwachen aus einem sehr langen Traum, als Sonja nach 20 Jahren wieder durch ihr Haus ging und sich ansehen musste, wie Dirk sich mit Mühe und Not, als alleinstehender Mann, mit zwei kleinen Kindern, hatte durchschlagen müssen.
Die Fotos von ihren kleinen Kindern hingen immer noch am selben Platz, und es waren neue dazugekommen.
Sie wusste inzwischen eine Menge über ihre Kinder, denn Benny hatte geredet wie ein Wasserfall.
Er hatte ihr erzählt, wie er als Sechsjähriger mit dem Fahrrad gestürzt war, und sich den Arm gebrochen hatte. Wie Dirk die ganze Nacht mit Angelika im Krankenhaus an seinem Bett gesessen hatte. Wie sein Vater Angelikas ersten Freund mit einem Tritt in den Hintern vor die Tür geworfen hatte. Angelika hatte ihn angeschrien, bis sie erfuhr, was es mit Drogensüchtigen so auf sich hat.
Er hatte ihr den Kummer beschrieben, den Dirk hatte, als er, Benny, in der Schule ein Jahr wiederholen musste.
Alles, was ihm einfiel, hatte er ihr erzählt.
Sie hatte ihn manchmal von der Seite angeblickt.
Benny war erwachsen geworden, ja, das war er … aber irgendwie trotzdem ihr kleiner Junge geblieben.
Sie waren mit dem Abendflug in Hahn angekommen, und da Benny am nächsten Morgen zur Arbeit musste, hatte er sie kurzerhand mit zu sich nachhause genommen.
Seine Freundin Mia, die er im letzten Moment über sein Handy auf ihr Kommen vorbereitet hatte, war ganz aufgeregt gewesen.
Oh, Mann! Die Schwiegermutter!
Sie hatte sich viel Mühe gegeben, ein kleines Abendessen vorzubereiten.
Aber Sonja nahm sie einfach in die Arme und drückte sie

einmal ganz fest. Da war alle Aufregung vergessen.
Sonja stellte belustigt fest: Auch Bennys Freundin redete ununterbrochen. Ohne Punkt und ohne Komma. Das würde mal ein lustiges Paar werden.
Dann hatte Benny ihr einfach Dirks Hausschlüssel in die Hand gedrückt.
„Angelika hat auch einen," sagte er leichthin. „Dad hat sich immer gefreut, wenn wir so unangemeldet bei ihm reingeschneit sind."
Sonja lächelte. „Bitte behaltet das bei. Ich werde mich genauso freuen."

Und jetzt war sie wieder zuhause. In ihrem Haus daheim.
Zum ersten Mal wieder nach 20 Jahren.
Russland war weg.
Weit weg.
Sonja zögerte kurz, als sie die Tür zum Schlafzimmer aufmachte.
Ihr Herz stockte. Sie machte das Licht an.
Dirk hatte nichts verändert.
Gar nichts.
Halt! Doch. Das kleine Regal mit ihren kostbaren Schneekugeln war ratzeputz leergeräumt. Die standen im Moment in Moskau.
In Jurijs Haus auf dem Yauszky Boulevard.
Sonja setzte sich aufs Bett und fing an zu weinen.
Was sollte das jetzt werden?
Sie liebte beide Männer.
Und beide Männer vergötterten sie.
Jeder von ihnen hatte es in seiner Welt zu hohem Ansehen gebracht und beide hatte ihr die Treue gehalten.
Sie wollte keinem von ihnen wehtun. Aber das ging jetzt wohl nicht mehr.
Wieso legte ihr das Schicksal eine so schwere Bürde auf?
Das Schicksal? Wieso eigentlich das Schicksal?
Sie stand auf und öffnete den Kleiderschrank.
Da hingen tatsächlich noch ihre alten Kleider, schön und

säuberlich aufgehängt … als wäre sie nie weggewesen.
Sonja nickte für sich. Dirk war wirklich ein besonderer Mann … genau wie Jurij.
Richtige Männer … selbstlos und aufrichtig.
Als Frau hatte sie starke Gefühle für beide, … nur …sollte sie sich diesmal wirklich von Gefühlen leiten lassen?
Sie horchte einen Moment lang in sich hinein.
Aber von da kam keine Antwort. Ihre Gefühle ließen sie diesmal im Stich.
War es diesmal am Verstand, über ihre Zukunft zu entscheiden, denn sie hatte Angst, dass ihre Gefühle … vielleicht … nicht die allerbesten Ratgeber waren.
Sie öffnete die nächste Schranktür. Ihre Blusen lagen sorgsam zusammengefaltet in ihren Fächern, ihre Pullis, ihre Unterwäsche … alles lag bereit, wie wenn sie gestern noch hier gewesen wäre.
Und das nach 20 Jahren …
Sie öffnete die Tür zu Dirks Arbeitszimmer.
Oh! Hier war vieles verändert! Die zwei teuren Computer, die Dirk da stehen hatte, einen hochmodernen Laptop, externe Festplatten … sowas hatte sie noch nicht gesehen … aber dann … Sonja erschrak … die Fotos … so viele … alle Wände voller Fotos!
Und alle von ihr.
Mein Gott! Sie blickte sich um. Dirk hatte wohl alle Fotos auf der ganzen Welt gesammelt die es über sie gab!
Sie schaute genauer hin.
Gesammelt! Das war weit untertrieben!
Da waren Fotos darunter, von denen sie nicht mal wusste, dass es sie gegeben hatte. Er musste wohl jedes Haus in Gillenfeld und in der ganzen Umgegend abgeklappert haben, um Fotos von ihr zu finden.
Da waren Fotos, die Freunde gemacht hatten, Fotos von Bekannten, Familie, Schulfreunden, Fremden, ja sogar Zeitungsausschnitte wo sie auf Gruppenfotos mit drauf war und … es verschlug ihr die Sprache, sogar das Foto der

Hallenüberwachungskamera von Anchorage, auf dem deutlich zu sehen war, wie sie durch die Sperre zum Flugzeug ging, hatte er sich ergattert.
Wie hatte er das wohl geschafft?
Sie kramte ihr Taschentuch hervor.
Er hatte unter ihrem Verlust gelitten. Oh ja, das hatte er! Furchtbar gelitten ... das sah man hier bei jedem Quadratzentimeter.
Sie war tot für ihn gewesen ... aber er hatte es nicht akzeptiert. Er hatte sie mit Hilfe seiner Erinnerungen am Leben gehalten und sie weiter geliebt.
Hier ... was war denn das? Ein bisschen weiter rechts zum Fenster hin, hingen ein paar handgemalte Kinderbilder ... von damals ... eine kleine Landschaft mit gekritzelten Bäumen und einem überdimensionalen Haus ... von Benny gemalt ... und oben im Himmel, seine Mam ... mit einem großen Herz daneben. Und hier ... zwei klobige lustige Strichmännchen, einen großen, der einen kleinen an der Hand hält - „Angelika mit Mama, 1983" hatte Dirk drunter geschrieben.
Sonja schlug die Hände vors Gesicht. Sie konnte nicht mehr hinsehen.
Dirk war nicht der Einzige, der gelitten hatte ...
Das Schicksal war verdammt hart gewesen!
Das Schicksal? Wirklich?
War da nicht ihre innere Stimme, die sich vorwurfsvoll meldete: Warum so lange?
Ja, sie war verletzt gewesen, arm, ohne Hoffnung, das stimmte ... aber dann ... hatte sie geheiratet und es ging ihr gut.
Hatte sie in all den Jahren nicht genau gewusst, dass es zuhause einen Mann mit zwei Kindern gab?
Ja, sie war in Lebensgefahr und diese Angst, entdeckt zu werden, war immer zugegen.
Aber hätte sie nicht **einmal** versuchen müssen, anzurufen?
Hätte sie nicht **einmal** versuchen können, herauszufinden was in der Zwischenzeit aus ihrer Familie geworden war?
Hatte sie angenommen, ihr Mann hätte sich nach einem

Trauerjahr mit einer anderen Frau vergnügt?
Ja, vielleicht hatte sie das ...
Aber auch wenn ... dann wurde sie hier und jetzt eines Besseren belehrt.
Und dann noch ... auch wenn man das hier alles mit einer Handbewegung wegwischen konnte ... in Moskau, vor Medredow, hatte sie ihn wiedererkannt! Auf den ersten Blick!
Erschrocken hatte sie mit ihrer Freundin Xenja Russisch geredet und ihn dann verletzt im Schnee liegenlassen. Hätte sie ihn nicht freudig in die Arme schließen müssen, nach all den Jahren?
Mmm ... vielleicht nicht, wenn er wieder geheiratet hätte ... aber vor diesem Hintergrund hier ... vor den traurigen Bildern ihrer Kinder kam sie sich plötzlich ungemein schäbig vor. Was musste Dirk mit den zwei Kleinen alles durchgemacht haben?
Sie war beileibe nicht die Einzige gewesen, die gelitten hatte.
Und Sonja stellte sich in diesem Moment des Alleinseins der Wirklichkeit.
War es nicht an ihr, Dirk und den Kindern endlich einmal die glücklichen Momente ihres Lebens zurück zu geben, um die sie sich all die Jahre so verzweifelt bemüht hatten.
Sie war Jurij eine gute Frau gewesen und es würde ihn schmerzen ... aber, verglichen mit Dirk ...
Sie würde Jurij einen langen Brief schreiben und, wer weiß, vielleicht würde er sie verstehen.

Sonja blieb noch eine ganze Weile im Arbeitszimmer sitzen und betrachtete die Fotos.

Es war gut dass Dirk und Angelika noch nicht da waren. Da konnte sie in aller Ruhe ihre Eindrücke verarbeiten ... und von denen gab es jede Menge.
Bennys Zimmer ... seine Spielsachen ... sie sagten viel über seine Kindheit aus.
Die Träume eines kleinen Jungen.
Angelikas Puppen und Kuscheltiere, von denen sie jede Menge

hatte ... ein richtiges Daddytöchterchen. Sonja vermochte sich lebhaft vorzustellen, wie Dirk sie manchmal verwöhnen musste. Über Dirk und dass die beiden es mit einem neuen Pass schaffen würden, darüber machte sie sich keine Sorgen. Denn ihm fiel immer etwas ein. Er war mit seinem Gehirn sowas wie ein Leistungssportler.
Erst im Endspurt konnte er richtig aufdrehen.
Aber ihre Nachbarn, ihre ehemaligen Freunde und Bekannte, ihr Heimatdorf? ... ein Lächeln stahl sich auf ihr Gesicht.
Hatte sie da nicht auf einmal eine blendende Idee? Wie wäre es denn?
Sie würde einfach ihre alten Kleider anziehen und morgen einfach völlig locker durch Gillenfeld spazierengehen, ihre Besorgungen machen, so wie wenn es die stinknormalste Sache der Welt wäre ... und wie wenn sie nie weggewesen wäre.
Die Gesichter wollte sie nun aber wirklich sehen.

23. Kapitel. Murmansk. Eine Bank im Park Razvlecheniy. 15. September 2003 morgens.

„Na endlich! Da sind Sie ja endlich, Oberst Sorokin. Setzen Sie sich!"
„Ich bin pünktlich, Generalmajor," hielt Sergej seinem Vorgesetzten vor.
„Jaja, schon gut!" Geleralmajor Solowjow war heute besonders schlecht gelaunt. Seine Stimme klang wie ein Reibeisen.
Sergej Sorokin wusste, warum. Die Moskauer Geheimdienstzentrale hatte ihn für die Auseinandersetzung mit Unteroffizier Boris Mikowitsch belangt und wollte die Dienststelle Murmansk zur Rechenschaft ziehen.
„Sorokin! Sie haben einen Bericht vom Serbski Institut unterschlagen, sind auf eigene Faust nach Moskau geflogen, haben dort die Tätigkeiten der Zentrale durchkreuzt und einen Unteroffizier im Einsatz verletzt. Mikowitsch hat für drei Wochen Krankenhaus! Was sollte das? Sind Sie des Wahnsinns? Der Geheimdienstchef hat General Nikolajew angerufen, Nikolajew hat Generalleutnant Schtscherbakow angerufen und der hat mich gerade zur Sau gemacht. Was zum Teufel ist denn in Sie gefahren?"
„Ein Gefühl, Generalmajor ..."
„Was?!? Ein Gef ..." Dem Generalmajor blieb der Mund offenstehen. „Wie? Sie handeln nach Gefühl?! Ja wie find' ich denn das? Bin ich für Sie der Pausenclown des Bolschoi Theaters? Rechtfertigen Sie sich! Hier und jetzt! Oder Sie werden in Zukunft die Schiffsschrauben eines Panzerkreuzers ölen! Raus mit der Sprache! Die Moskauer jagen eine deutsche Spionin und Sie fahren denen in die Parade wie ein Berserker. Warum, Sorokin? Reden Sie, Mann!"
Sergej nahm einmal tief Luft.

„Die deutsche (er machte mit seinen beiden Händen imaginäre Anführungszeichen in der Luft) Spionin, wie Sie sagen, soll die Frau von Generaloberst Jurij Atanow sein."
„Was??!?"
„Ja. Und das ist purer Quatsch. Die haben sich verhauen. Atanow war mein Schulfreund und Carlowa, seine Frau, ist der liebenswerteste und aufrichtigste Mensch, den ich kenne. Spionin? Blödsinn! Ich bin nicht mehr der jüngsten, Generalmajor … und ich weiß zur Genüge, wie Spione vorgehen. Sie ist keiner. Punkt! Aus! Aber zur Sache! Am 1. September 1983 holten unsere Idioten von der Luftwaffe eine Passagiermaschine der Korean Airlines über Sakhalin vom Himmel …"
„Offiziell war das ein amerikanisches Spionageflugzeug."
Sorokin lächelte mitleidig. „Ach bitte, Generalmajor."
„Okay. Eins zu null für Sie. Fahren Sie fort!"
„Damals kamen alle Passagiere ums Leben. Alle! Es muss jedoch bei der Bergung der Leichen ein paar grauenvolle Zwischenfälle gegeben haben (wohlgemerkt, wir haben das nie untersucht) aber alle Passagiere kamen um, das ist sicher. Und dann sehe ich, auf unserem Telex, den Bericht vom Serbski Institut auftauchen. Es hatte anscheinend doch einen Überlebenden, oder besser gesagt, eine Überlebende gegeben. Carlowa Atanowa, alias Sonja Hartmann, eine deutsche Touristin.. Natürlich sieht die Moskauer Zentrale gleich hinter jedem Strauch und unter jedem Klodeckel einen Spion hervorlugen. Generalmajor, ich weiß nicht, wo Carlowa Atanowa herkommt und wer sie in Wirklichkeit ist, aber …" Sorokin fixierte Solowjow „ … wenn die eine Spionin ist, dann öle ich freiwillig die Schiffsschrauben aller Marinekreuzer, die Sie für nötig halten!"
Solowjow war perplex. „Die Frau von Generaloberst Atanow soll eine Spionin sein? …" der Generalmajor mahlte mit dem Unterkiefer. Dann schlug er mit der Faust in die flache Hand. „Gut, Sorokin! Sie sind unser bester Mann. Ich decke Sie … Aber bei allen Heiligen der Basiliuskathedrale!

Finden Sie raus, wo Carlowa Atanowa herkommt. Höchste Geheimhaltungsstufe! Die Berichte nur an mich … und das in einem einzigen Exemplar! Und … seien Sie schnell, Sorokin."
Sorokin erhob sich.
„Ach, Oberst!" Solowjow war noch nicht fertig „… beten Sie, dass Sie richtig liegen!"

24. Kapitel. Gillenfeld. Ein Haus im Schwalbenweg.
15.September 2003

Sonja wachte am frühen Morgen gegen 8 Uhr in ihrem Bett auf. Es war noch fast Sommer.
Die Sonne schien durchs Fenster und ein strahlend blauer Himmel kündigte für den ganzen Tag wundervolles Wetter an.
Sie trat in ihrem Nachthemd auf den Balkon und reckte sich einmal.
He! Der Nachbar stand schon im Garten.
Sonja trat schnell zurück. Sie wollte nicht schon jetzt gesehen werden und sich damit den ganzen Spaß verderben.
Erst ging es mal unter die Dusche.
Ah! Duschen hatte sie oft vermisst. Die Russen pflegen zu baden.
Sie dachte an Jurij. Wie es ihm wohl ging?
In Moskau war es jetzt 11 Uhr. Er musste wohl in seinem Büro in der Moskauer Stabszentrale sein.
Kurzerhand drehte sie den Hahn zu und trocknete sich ab.
Im Wohnzimmer stand das Telefon am altgewohnten Platz und wartete geduldig darauf, dass die Herrin des Hauses mal wieder zum Hörer griff.
„Stabszentrale der Landstreitkräfte, Moskau," meldete sich die Telefonistin der Zentrale auf der anderen Seite.
„Carlowa Atanowa hier. Ich möchte mit meinem Mann sprechen."
„Einen Moment, bitte," die Frauenstimme klang unbeteiligt.
Es klickte in der Leitung und ein Freizeichen ertönte.
Auf der anderen Seite wurde abgehoben. „Atanow."
Sonja zögerte einen Moment. „ … ich bin's."
Seine freudige Überraschung war über die ganze Distanz zu spüren. „Carlowa!? Wo bist du? Geht's dir gut?"

„Ja, Jurij. Es geht mir gut ... ich bin zuhause ... in Gillenfeld."
Es dauerte ein paar Sekunden. „Das ist ... weit weg..." sagte er leise.
Das Herz wurde ihr bleischwer.
„Ich ... liebe dich," flüsterte sie.
„Ich dich auch," sagte er, „das weißt du. Aber, Gottseidank, erst einmal bist du in Sicherheit ... und das ist sehr wichtig. Heute morgen hab' ich den Mann ausfindig gemacht, der damals den Schießbefehl gab, als die letzten Überlebenden eurer Maschine auf dem Wasser trieben ..."
„Wer ... wer ist es?"
„Flottenadmiral Maxim Grigorjew."
Sonja erschrak. „Mein Gott, Jurij ... du wirst doch nicht ..."
„Hab' ich schon! Das Schreiben ist seit zehn Minuten auf dem Dienstweg. Carlowa, er wird dafür vor dem Verteidigungsministerium geradestehen müssen. Aber ... nun zu uns beiden ... ich habe letzte Nacht viel nachgedacht ..."
„Über was, Jurij?"
„Über uns beide. Jetzt, da du weg bist, bin ich allein ... und ich begreife so langsam, durch welche Hölle ein gewisser Dirk Krüger gegangen sein muss, der vor langer Zeit mit seinen beiden kleinen Kindern zuhause auf seine Frau wartete, die nicht mehr wiederkam ..."
„Was willst du mir damit sagen?" fragte sie ängstlich.
„Wir ... werden uns wohl so schnell ... nicht wiedersehen,"
„Nein ... wohl nicht." Die Tränen liefen ihr die Wangen runter.
„Du weinst?" hörte sie ihn leise sagen. „Ich hab' nie im Leben gewollt, dass du weinst ... ich wollte, dass du glücklich bist ... ich hab's wohl diesmal nicht geschafft. Nur, es gibt jemand in deinem Leben ... und der hat auch geweint ... ich hab's mit eigenen Augen gesehen ..."
Sie nickte stumm.
„Carlowa ... ich werde wohl ... diesmal ... nicht mehr der Bräutigam in der Schneekugel sein. Aber ich war es ..."
„Jurij ... sag nicht sowas ... du bist mein Mann ..."
„Carlowa, lass uns beiden ... und vor allem dir ... etwas Zeit.

Genieße es, mal wieder in deiner Heimat zu sein. Du bist in einem freien Land. Mein Gott! Weißt du, was das für mich heißt? Gehen, reisen, schreiben, sagen ... wie, wo und was man möchte. Es muss wundervoll sein."
„Es hält sich in Grenzen," sagte sie traurig.
„Aber ich muss weiterarbeiten. Ruf mich morgen früh wieder an, ja?" Bumms, hatte er eingehängt.
Sonja saß da wie erstarrt. Ihre Gefühle hatten sie wieder mal überrumpelt.
Aber ... auch wenn es sie schmerzte, es war einfach zu früh, eine Entscheidung zu treffen.
Warum sollte sie es nicht einfach auf sich zukommen lassen?
Außerdem ... hatte sie nicht etwas Tolles vorgehabt heute morgen?
Zögernd öffnete sie die Tür vom Kleiderschrank. Als ob sie's geahnt hätte. Ihr Lieblingssommerkleid, das kurze weiße mit den blauen Blümchen drauf, hing am gewohnten Platz.
Genau das Richtige!
Etwas sehr jugendlich und gewagt. Aber das Richtige für diesen sonnigen Tag und die Überraschung, die es heute geben würde.
Ihre roten Sandalen waren nicht ... ach ja, die waren damals in ihrem Koffer gewesen und beim Absturz unwiederbringlich verloren gegangen ... wie so vieles andere.
Aber die weißen Riemenschuhe, die sie so geliebt hatte, die waren noch da. Sowie hier, auf der oberen Ablage, das weiße Sonnenhütchen mit der rosa Schleife.
Sonja betrachtete ihr Spiegelbild und nickte zufrieden. Sie fühlte sich wieder jung. Ja, sie musste zugeben, dass sie recht hübsch geblieben war.
Die würden hier gleich Augen machen.
Zuerst die praktischen Dinge.
Sie hatte nur Rubel in ihrer Handtasche. Also musste sie erst einmal zur Sparkasse.
Ja, das würde sie als erstes tun.
Die schwarze Handtasche, die sie aus Russland mitgebracht hatte, passte nicht. Sie suchte unten im Schrank und tatsächlich,

da lagen immer noch ihre ehemaligen Handtaschen.
Danke, Dirk, du hast noch zusätzlich was gut bei mir.
Oh, Mann. In der hellen cremefarbenen, die sie hervorzog, befanden sich noch zwei alte Lippenstifte, eine kleine Haarbürste, ein knallroter Nagellack, ein Lidschattenstift, zwei alte Kaufhausquittungen und eine Ansichtskarte aus Mallorca, die sie aus den Ferien an ihre Schulfreundin Monika geschrieben, aber wegen fehlender Briefmarke nie abgeschickt hatte.
Monika?!
Ob sie noch immer mit ihrem Mann an der Kreuzung zwischen dem Friedhofsweg und dem Weingarten wohnte?
Sonja grinste.
So ein Blitzbesuch bei ihrer ehemaligen besten Freundin wäre doch was.
Und dann musste sie ja auch noch einkaufen! Den Metzger Müller gab's noch, das hatte sie gesehen, als Benny sie gestern Abend nachhause gebracht hatte. Sie hatte den Hans-Peter immer gemocht.
Also los!
Sie trat vor die Haustür und ging beschwingt die Straße hinunter.
Eine ihrer Nachbarinnen zur linken Straßenseite, stand schon im Vorgärtchen und pflegte ihre Blumen, die für den angehenden Herbst noch sehr hübsch aussahen.
Sonja gab sich einen Ruck. „Guten Morgen!"
Die Nachbarin hob kurz den Kopf und lächelte. „Ach, du bist's. Guten Morgen. Tolles Kleid!"
Dann wandte sie sich wieder ihren Blumen zu und machte emsig weiter.
Mmpfh! Sonja stand da wie bestellt und nicht abgeholt. Na, toll.
War das alles?
Sie hatte sich noch nicht umgedreht als ein weiterer Nachbar, den sie von früher her gut kannte, mit dem Fahrrad an ihr vorbeibrauste. Er hatte Brötchen geholt und das „Hallo!" konnte sie gerade noch verstehen.

Dann war er vorbei.
Oh, Mann, der Wow-Effekt war ja gleich null.
Sie ging die gewundene Straße hinunter und kam am Spielplatz vorbei. Zwei kleine Mädels winkten ihr fröhlich zu.
Eine kam freudig herbeigelaufen. „Hallo Angelika!"
Im letzten Moment stutzte die Kleine und blieb stehen. Sie schaute Sonja neugierig an. „Du bist nicht Angelika," sagte sie befremdet..
Flugs wandte sie sich um und lief wieder zu ihrer Freundin zurück. „Das ist nicht Angelika, das ist eine andere," hörte Sonja sie tuscheln. „Du spinnst," sagte die.
Natürlich!
Jedermann hielt sie wohl für Angelika. Damit war alles klar.
Ok, mal sehen wer als erster entdeckt, dass Sonja wieder zuhause ist!
Unten in der Pulvermaarstraße kam Thomas auf einem brandneuen Traktor dahergebraust. Er hatte ein schweres Wasserfass auf drei Achsen anhängen.
Thomas war in der Schule ihr Jugendfreund gewesen.
Sonja winkte lachend.
Er grinste und grüßte kurz indem er die Finger seiner rechten Hand etwas anhob. Er hatte nicht mal das Lenkrad losgelassen.
Na toll, große Klasse.
Auch Thomas hatte sie verwechselt. Aber das war wohl eher, weil er wieder fuhr als gelte es ein Trekker-Treck Rennen auf dem Nürburgring zu gewinnen.
In der Sparkasse, wen wundert's? „Hallo, Angelika. Wie war's in Russland. Willst du die Rubel wieder umtauschen? Oh, tolles Kleid!" Die gutaussehende blonde Frau in der Sparkasse wechselte geschäftig die Rubelscheine, die Sonja hingelegt hatte.
„Ist Dirk schon zurück?" fragte sie, ohne aufzusehen.
„Nein. Heute oder morgen erst."
„Ah, gut. Er muss mir gleich alles erzählen, wenn er zurück ist. Ich bin sowas von neugierig."
Hm! War da nicht ein kleiner Anflug von Eifersucht?

„Er kann's kaum erwarten," erwiderte Sonja lächelnd.
„Wenn's so wäre." Die Frau zuckte bedauernd mit den Schultern und legte den Gegenwert der eingetauschten Rubel in Euro hin.
Dies schien wohl eher eine einseitige Liebe zu sein.
Beim Bäcker Kalsch war's genauso. Sie wurde sehr freundlich bedient, aber … als Angelika. Sonja erfuhr zum ersten Mal, wie ungenau die Menschen hinsehen, wenn sie glauben, jemanden erkannt zu haben.
Sie kaufte sich einen kleinen Kuchen für die Wiedersehensfeier mit ihrer Schulfreundin Monika. Wenn die sie auch noch mit Angelika verwechseln würde, hatte sie vor, sich zu erkennen zu geben.
Ja, Monika. Einmal nur hatte Sonja Streit mit ihr gehabt, und das war im ersten Schuljahr gewesen. Monika war sehr schreckhaft. Ein kleiner brauner Spatz war gegen das Schulfenster geflogen und Monika hatte einen solchen Schreck gekriegt, dass sie gepupst hatte. Sonja hatte furchtbar gelacht und sie „Pupsi" genannt.
Monika war daraufhin sehr wütend geworden und Sonja hatte ihr versprechen müssen, sie nie mehr so zu nennen.
Sonja bog in die Friedhofstraße ein und sah Monikas Haus vor sich.
Nach so vielen Jahren.
Es sah immer noch so aus wie früher, obwohl sichtlich Verschiedenes erneuert worden war.
Sonja klingelte. Ihr Herz klopfte bis zum Hals. Das würde ein Wiedersehen geben!
Es dauerte etwas länger, dann hörte sie schlurfende Schritte, die sich von innen näherten.
Die Haustür wurde geöffnet.
Beiden Frauen fielen die Kinnladen herunter.
Sonja zuerst, denn Monika war auseinandergegangen wie Hefeteig. Sie trug hässliche kurze Haare, rötlich gefärbt und musste an die zwei Zentner wiegen. Ihr Wabbelkinn hatte Falten und ihre füllige Figur hatte sie in unförmige schwarze

Jeggins gepresst die ihre Fettwülste noch stärker zur Geltung brachten. Darüber trug sie ein labberiges verwaschenes T-Shirt. Ihre Augen waren trüb und wässerig. Sie wirkten eingefallen wie die Augen einer Alkoholikerin.
Monika ihrerseits erschrak ebenfalls.
Aber sie fing sich sofort. „Das ist doch wohl ein schlechter Witz!" runzelte sie unwillig die Stirn. „Du hast im Kleiderschrank deiner Mutter rumgewühlt und ihr Lieblingskleid angezogen. Der Schreck ist dir gelungen, kann ich dir sagen. Ich dachte, Sonja steht wieder vor mir. Komm rein, Angelika. Es ist einige Zeit her, seit du mich das letzte Mal besucht hast."
Sie drehte sich um und wollte in die Küche zurück.
„Hallo, Pupsi," sagte Sonja leise hinter ihr.
„Woher weißt du, dass ..." Monika blieb stehen wie vom Blitz getroffen.
„Nein ..." hörte Sonja sie flüstern. „...das ist nicht wahr."
Monika drehte sich langsam um. Die Tränen liefen ihr übers Gesicht. „Lass die Scherze, Angelika, das ist nicht mehr lustig."
Sonja nickte lächelnd. „Ich bin's wirklich, Moni, kein Witz."
Monika näherte sich zögernd mit forschendem Blick. „Aber … das ist doch nicht möglich ...ich meine ...ich sehe doch keine Gespenster … Sonja, wo kommst du denn jetzt her?" Sie kramte zitternd nach ihrem Taschentuch.
Aber Sonja nahm sie einfach in die Arme und drückte sie mal ganz fest.
Monika löste sich nach ein paar Sekunden von ihr. „Du bist's wirklich!! Aber … wieso siehst du so toll aus?" fragte sie herb. „Du bist so jung und hübsch geblieben … du bist keine Sekunde gealtert … sag' mir, dass ich nicht träume."
„Kein Traum, Moni. Aber ich habe auch meine Jahre gekriegt..."
„Aber sieh mich an, ich bin eine fette alte Wachtel geworden … und ich habe ein Alkoholproblem seit Fred mich verlassen hat ..."
Sonja machte große Augen. „Fred hat dich verlassen?" Das war

unvorstellbar. Fred war zu der Zeit ganz furchtbar verliebt in sie gewesen.
Monika nickte weinend. „Ich blöde Kuh ... wollte keine Kinder. Und ich habe mich gehen lassen ... sieh mich an. Er hat jetzt eine Jüngere."
„Oh, darüber reden wir noch. Ich hab' einen Kuchen mitgebracht, komm, wir beide machen uns erst mal eine gute Tasse Kaffee und feiern unser Wiedersehen. Hast du heute noch was vor?"
Monika hatte nichts vor ... außer, dass sie sich felsenfest vornahm, für's erste keinen Tropfen Alkohol mehr anzurühren.
Oha, sie würde wieder eisern auf ihre Figur achten.

25. Kapitel. Aniva, der kleine Fischereihafen am Ljutoga-Fluss, nahe der Mündung in die Lososey-Bucht, 16. September 2003 morgens.

Alexandrow, der alte Fischer, war müde. Er fühlte sich alt ... alt und verbraucht.
Aber seine gewohnte gute Laune ließ er sich dadurch nicht vertreiben.
Seine Fischernetze taten's noch, jedoch nur, weil er sie jeden Tag ausbesserte und neu knotete. Das Leben eines Fischers besteht halt aus Arbeit.
Eben hatte er sie wieder vor seiner Hütte aufgespannt. Netznadel und Garnrolle lagen schon bereit.
Ha, den Schotstek beherrschte er, wie kein zweiter auf Sakhalin. Seine Maschenöffnungen waren genau auf den Buckellachs abgestimmt, für den es immer noch gutes Geld gab.
Die Sonne schien und Boris dachte an alte Zeiten, als seine Nichte Carlowa ihm noch geholfen hatte. Ja, es waren harte, aber schöne Zeiten gewesen.
Die schönste Zeit seines kärglichen Lebens als Fischer.
Sie wurde zwar aus seinem Leben gerissen, als sie diesen Offizier (wie hieß er noch?) heiratete, aber seit der Zeit hatte er, Alexandrow, ein eigenes Bankkonto.
Man stelle sich das mal vor!
Seit Jahren wurden jeden Monat, mit schöner Regelmäßigkeit, die stolze Summe von 1500 Rubel (etwa 21 Euro) auf sein Konto überwiesen und Boris war, für seine Begriffe, ein reicher Mann.
Davon ließ er seinen alten Fischkutter regelmäßig warten

und manchmal konnte er sogar an seinem Haus etwas erneuern.
Was wollte er mehr?
Ein altes Seemannslied, Ty Morjak, fiel ihm ein, das er zufrieden vor sich hinbrummte.

Ty, morjak, krassiwyj ssam ssoboju,
tjebe ot roda dwatzatj let.
Poljubi menja, morjak, duschoju,
tschto ty ...

Boris hielt plötzlich inne.
Von links kam ein schwarzer Wagen langsam über den holprigen Weg zu seinem Haus gefahren.
Boris verengte die Augen um besser sehen zu können.
Der Wagen trug nur ein normales Nummernschild, keine offiziellen Kennzeichen.
Aber Boris kannte Russland.
Zivil- oder Geheimdienst.
Was soll's? Er kümmerte sich weiter um seine Fischernetze.
Der Wagen rollte langsam aus. Boris hörte Schritte neben sich. „Boris Alexandrow?"
Ein älterer Herr im schwarzen Anzug stand neben ihm.
Boris nickte. „Mmh!"
„Mein Name ist Sergej Sorokin. Sie müssten mir ein paar Fragen beantworten, wenn's recht ist."
Der alte Fischer arbeitete unbeteiligt weiter an seinem Netz. „Muss ich das?"
„Es ... wäre von Vorteil."
„Für wen?"
„Für eine Frau, die Ihnen mal sehr ans Herz gewachsen ist."
Boris blickte hoch. Der Mann hatte ein ernstes Gesicht. Da war nichts von Überheblichkeit zu erkennen.
„Wen meinen Sie?"

Der Mann im schwarzen Anzug nickte verstehend, wie wenn er's nicht anders erwartet hätte. „Sie sind misstrauisch, Alexandrow. Ich glaube, das steht Ihnen zu, da Sie, meiner Meinung nach, allen Grund dazu haben. Hören Sie mir einfach zu! Vor etwa 20 Jahren geschah hier etwas auf Sakhalin. Ein Passagierflugzeug stürzte vom Himmel. Unsere Flugabwehr hatte es abgeschossen. Alle Passagiere kamen ums Leben … alle, bis auf eine junge deutsche Frau … Sonja Hartmann. Boris, jemand hat sie wiedererkannt! Sie ist die Ehefrau von Generaloberst Jurij Atanow, Carlowa Alexandrowa … Ihre Nichte, Boris."
„Eine Verwechslung." brummte Alexandrow abweisend.
„Möglich, ja. War es aber nicht. Nur, um es gleich vorweg zu nehmen: deshalb bin ich nicht hier. Meine Bitte an Sie ist eher … persönlicher Natur. Generaloberst Atanow ist mein Schulfreund gewesen und seine Frau Carlowa ist die liebenswerteste Frau, die ich kenne. Sagen Sie mir, Alexandrow, wieso der Geheimdienst sie wie eine Spionin sucht. Sie ist keine! Ich weiß es! Sie wissen es! Aber was geschah damals beim Absturz dieses verdammten Flugzeugs? Sie waren in dieser Nacht mit Ihrem Boot draußen, vor Moneron, Alexandrow. Was war da? Was haben Sie gesehen? Helfen Sie mir, Carlowa zu schützen!"
„Sie sind doch selbst vom Geheimdienst! Carlowa ist meine Nichte! Ich traue Ihnen nicht! Außerdem, ich weiß nicht wovon Sie reden."
„Sie kennen die Wahrheit, Alexandrow, Sie waren Zeuge …"
Der alte Fischer fuhr wild herum und packte Sorokin am Arm. Er hatte einen Griff wie ein Schraubstock. „Es sind keine Zeugen übriggeblieben! Die Matrosen haben sie damals alle umgebracht!"
Sergej fixierte ihn. „Wie, die Matrosen haben alle umgebracht? Wovon zum Teufel reden Sie?"
„Die Soldaten schossen ins Meer, Sie Fatzke!" schrie Boris, „und zwar auf die Verletzten! Sie haben alle getötet.

Genügt Ihnen das?"
Sorokin schaute ihn entgeistert an und brauchte ein paar Sekunden. Er verengte die Augen. „Das haben Sie selbst gesehen?"
„Ja! Das habe ich mit eigenen Augen gesehen!"
Sorokin war bleich im Gesicht. Wenn das stimmte!
„Ich glaube ..." sagte er langsam „ ... ich ahne, wie Sonja Hartmann zu Carlowa Alexandrowa wurde. Mein Gott! Wenn's so war, wie ich glaube, dann akzeptieren Sie bitte mein aufrichtiges Beileid für die richtige Carlowa. Ihre Nichte ruhe in Frieden. Und … reden Sie mit niemandem drüber!"
„Gehen Sie! Sie wissen jetzt wie's war. Gehen Sie!"
Sorokin wandte sich zum Gehen. „Machen Sie's gut, Alexandrow. Danke für das Gespräch."
Der alte Fischer hatte sich wieder seinen Netzen zugewandt. Er antwortete nicht mehr.

26. Kapitel. Gillenfeld. Ein Haus am Schwalbenweg.
15. September 2004

Als Sonja von ihrer Freundin Monika nachhause zurückkam, schlug ihr das Herz bis zum Halse.
Ein schwerer Wagen, es musste wohl der von Dirk sein, stand in der Auffahrt.
Dirk war zuhause.
Alles war irgendwie so vertraut. Nur, das, was ihr eigentlich am vertrautesten sein sollte, war ihr plötzlich fremd.
Noch ehe sie einen klaren Gedanken fassen konnte, kam Angelika aus dem Haus gelaufen … geradewegs auf sie zu …
„Maaam! Da bist du ja!"
Rumms, hatte sie ihre Mutter mit beiden Armen umschlungen und drückte sie an sich.
Sonja sah in den Augenwinkeln, wie ihre Nachbarin die Augen aufriss und ihr Handschaufel und Setzholz aus der Hand fielen.
„Wo ist Dirk?" fragte Sonja leise.
Angelika hielt einen Moment inne und blickte ihre Mutter an. In dem kurzen Moment wurden ihre Augen gefühlskalt. „Paps ist nicht hier … er ging außer Haus, spazieren …du wüsstest wohin, sagte er … ich glaube, Mam, er hat Angst."
Sie blickte ihre Mutter geradewegs in die Augen. „Mam … du warst mit einem andern verheiratet … wenn zwischen euch nicht mehr alles in Ordnung ist … dann tu ihm bitte nicht weh. Er war alles was wir hatten, als du nicht mehr da warst."
„Ich liebe ihn noch immer, Angeli. Aber ich weiß auch nicht recht wie's weitergehen soll …"
Bei ihr innendrin sah es nicht so rosig aus.
Angelika merkte es. Sonja sah es ihr an.

Natürlich wusste Sonja wo Dirk hingegangen war.

Er war den Schwalbenweg hinuntergegangen, hatte die Mühlenstraße überquert und war auf der Kreuzung in die Dörrwies eingebogen. Dann hatte er wohl am elektrischen Verteilerhaus die kleine Alfbachbrücke überquert und war der Bahnhofstrasse gefolgt, Richtung Holzmaar.
Sonja machte sich auf den Weg. Es waren an die drei Kilometer bis zum Holzmaar, aber sie war gut zu Fuß.
Wie oft waren sie beide als junges Ehepaar auf diesem Weg spazieren gegangen, Hand in Hand. Sie hatten von ihrer Zukunft geträumt, und allerlei Pläne für ihre kleine Familie geschmiedet. Das letzte Mal saß die kleine zweijährige Angelika im Kinderbuggy und Benny hatte seinen Tretroller dabeigehabt. Ja, das war vor zwanzig Jahren gewesen.
Und heute ... soviel Zeit war vergangen ...
In der Zwischenzeit jedoch hatte es sich wie ein Lauffeuer herumgesprochen, dass die totgeglaubte Sonja Krüger-Hartmann wieder zurück war.
Sonja wollte gerade in die Dörrwies einbiegen, als Thomas mit seinem Monstrum von Traktor auf dem Ronnentalweg um die Kurve daherkam und so scharf bremste, dass sich zwei breite Gummistreifen auf der Straße abzeichneten und das Wasserfass sich querstellte. Damit blockierte er die ganze Kreuzung. Aber das kümmerte ihn einen Dreck.
Die ersten Autos begannen zu hupen.
„Ich glaub's nicht! Das muss ich mit eigenen Augen sehen," schrie er begeistert als er vom Traktor heruntersprang. „Bist du's wirklich, Sonja? Wie ist das möglich? Wo warst du so lange? Du siehst ja hinreißend ... Moment! Warst du das nicht vorhin ebenfalls, als ich an dir vorbeigefahren bin?"
Sonja lächelte nur. „Ich bin's Thomas ... aber denkst du nicht, du könntest mit deinem Brummer mal ein Meterchen Platz machen?"
„Wir sehen uns! So kommst du mir nicht davon," rief er und sprang wieder auf seinen Traktor um dem anschwellenden Hupkonzert ein Ende zu bereiten.
Die ersten Wolken waren am Himmel, als sie am Elektro-

Häuschen vorbeikam und den Alfbach überquerte. Oh, das alte Elektrohäuschen war neu gestrichen worden. Und auf der Brücke hatte man zwei schwere Lavabrocken rechts und links der Straße deponiert, wohl um dem Verkehr Einhalt zu gebieten.
Hier kannte sie jeden Stein.
Aber, wie sie sah, hatte sich manches trotzdem verändert.
Entlang der Mühlenstraße und der Bahnhofstraße waren eine ganze Reihe neuer Häuser dazugekommen.
Die Natur war dichter geworden, die Bäume wuchtiger.
Sie kam am Schreiner Thielen vorbei. Alle Achtung, Markus' Betrieb war in der Zwischenzeit vergrößert worden.
Sonja erinnerte sich, dass sie diesen Holzgeruch immer geliebt hatte, wenn sie vorbei spazierten.
Dann kam der Schlossereibetrieb Mertes. Sonja hatte den alten Mertes gut gekannt. Sie war schon als Kind zu ihm in die Schmiede gekommen und ihm fasziniert zugeschaut, wenn er mit Hammer und Amboss arbeitete, dass die Funken flogen.
Aber der alte Schmied hatte immer gut auf sie aufgepasst.
Ob er wohl noch …?
Sie betrat die Halle. Der junge Joachim hatte in der Zwischenzeit den Betrieb seines Vaters übernommen. Er hatte ein schmiedeeisernes Geländer auf der großen Arbeitsplatte liegen.
„Das gibt's doch nicht!" rief er, als er seinen Hammer niederlegte. „Frau Krüger! Wie um alles in der Welt …? Sie sind ja am Leben!!"
Sonja lächelte. „Ja, ich habe überlebt. Aber es war ein langer Weg bis in die Heimat zurück … sag mal, hast du Dirk vorbeigehen sehen?"
„Ich glaube ja. Ich hab' zwar nicht richtig hingesehen, denn normalerweise grüßen wir einander … ich war wohl in meine Arbeit hier vertieft ..."
„Gut, danke Joachim, ich werde ihm nachgehen."
„Freut mich ehrlich, Sie gesund wiederzusehen. Toller Tag, heute."

Sonja musste lachen.
Er hatte dieselbe Art wie sein Vater.
Sie bog links ab in den Feldweg und wanderte hoch bis zur Kreuzung nach Daun und Brockscheid.
Hier nahm sie den Feldweg der am Wald vorbei direkt zum Holzmaar hinunterführt. Die hohen Buchen hier im Wald hatte sie immer besonders gemocht. Schon sah sie das Wasser durch die Bäume glitzern. Sie kam an die Stahlschranke. Oh, links war jüngst ein kleiner Picknickplatz eingerichtet worden. Keine schlechte Idee.
Ober wo war Dirk? Sonja trat ans Wasser und blickte sich um.
Das Holzmaar war, wie immer, sehr still und schweigsam. Ein paar Wasserenten schwammen gemächlich am Ufer entlang. Sonst war niemand zu sehen.
Dann sah sie Dirk am Holzmaarufer stehen.
Er schaute schweigend aufs Wasser.
Was ging jetzt in ihm vor?
Sonja zögerte ein paar Sekunden und beobachtete ihn.
Dirk war älter geworden.
Was sollte sie ihm sagen?
Es half nichts, der schwere Moment war gekommen.
Als Sonja näherkam, bemerkte sie, dass er sehr blass im Gesicht war.
Er hörte ihre Schritte.
„Genau zwanzig Jahre, zwei Monate und vier Tage ist es her, seit wir zum letzten Mal zusammen waren," sagte er leise, ohne aufzublicken.
„Dirk ..."
„Sag nichts," er wandte sich ihr langsam zu, „du bist noch schöner geworden ..." bemerkte er, „... dies ist, in der Tat, mit Abstand der schönste Moment in meinem Leben. Du stehst lebendig und gesund vor mir. Mehr Wunder geht wohl kaum ... aber ... sei mir nicht böse ... ich möchte die Scheidung."
Sonja erschrak bis in die Zehenspitzen. Scheidung??!
„Warum, Dirk?"
Er blickte zu Boden. „Oh ... es ist nicht so sehr mein Wunsch,

Sonja, ... es ist sicher nicht, weil ich es möchte. Du bist für mich die Einzige geblieben, heute mehr denn je ... aber ... ich denke, du bist diejenige von uns beiden, die ihre Wahl getroffen hat ..."

Sonja setzte zu einer Antwort an, aber Dirk wehrte ab. „Weißt du, weshalb ich das sage?"

Dirk hatte mal wieder seine Art, die Probleme frontal anzugreifen.

„Als Benny herausgefunden hatte, dass du Sonja bist, und mir erzählte, was auf der Toilette im Café passiert war, bekam ich einen schmerzhaften Stich. Mir wurde bewusst, dass du mich vor dem Schaufenster vor Medredow erkannt haben musstest... du hast dich umgedreht ..."

„Dirk ... das war im ersten Moment ..."

Dirk nickte verstehend und lächelte traurig.

Er wandte sich von ihr ab und blickte wieder aufs Wasser. „Das gesteh' ich dir gerne zu, Sonja, nur ... es gibt nicht viele Momente wo's wirklich wehtut, aber ... neben seiner großen Liebe zu stehen und zu erleben, dass man ein Fremder geworden ist ... das ist ein solcher Moment ... Aber lassen wir die Gefühlsduseleien. Ich weiß, dass du lebst und dass du gesund bist, mehr kann ich unmöglich verlangen. Unser alter Herr da oben hat es noch einmal gut mit mir gemeint. Nur, du hattest dein glückliches Leben in das ich durch einen blöden Zufall hineingestolpert bin. Ich zieh' mich wieder zurück und es wird für dich sein, als würde es keinen Dirk mehr geben ..."

Sonja beobachtete ihn aufmerksam.

Kein Zweifel, er war der alte geblieben. Er hatte sich wieder eisern in der Gewalt.

Das hatte sie immer an ihm bewundert.

Er stellte wieder mal seine eigenen Wünsche zurück wenn es um ihre ging. Plötzlich kannte sie ihn wieder durch und durch. Unter allen anderen war er vielleicht der einzige geblieben, der sich nicht verändert hatte.

Vielleicht ... und wenn es nur einmal in seinem ganzen traurigen Leben war, stand ihm eine Belohnung zu. Hier und

jetzt! Eine einzige, aber wohlverdiente Belohnung.
Und so ließ sie ihn erst mal gewähren.
„Wenn ich es bin, der die Scheidung beantragt," redete er eifrig weiter, „dann bist du aus allem raus, verstehst du? Dann kannst du ohne Vorbehalte zu deinem jetzigen Mann zurück … Benny und Angelika würden dir keine Vorwürfe machen, und du könntest sie sehen wann immer du möchtest. Ich werde jedesmal die Reisekosten übernehmen … ja, für dich wird es wieder so sein wie früher … nur, dass du deine Kinder wiederhast … das wird gut, du wirst sehen ..."
„Dirk."
Benny und Angelika werden sich jedes Mal wahnsinnig freuen, es wird für sie wie Ferien sein, wenn sie zu dir kommen ..."
„Dirk."
„Und wenn mal Enkelkinder da sind, wird's noch besser … dann kannst du herüberkommen so oft du magst ..."
„**Dirk**!!!"
Er erschrak. „Was? Was?!!"
„Ich bleibe bei dir."
Ihm fiel die Kinnlade herunter. „Was?"
„Ich bleibe bei dir. Hast du keine Ohren, Liebster?"
„Äh ... doch ..." Dirk war irgendwie aus dem Konzept geraten, „ ich meine … aber das ergibt doch keinen Sinn ..."
„Dirk, hör mir zu. Kannst du das, ohne mich zu unterbrechen?"
Er schluckte einmal und nickte stumm.
„Wir Frauen entscheiden fast alles nach Gefühl, aus dem Bauch heraus. Deshalb sind wir viel schneller als die Männer … aber wir können uns auch manchmal furchtbar verhauen … so wie ich. Es war mir nie bewusst … aber die ganzen Jahre … es hat sich alles so ergeben. Nach dem Flugzeugabsturz war ich ein Krüppel und in akuter Lebensgefahr. Wie hätte ich von diesem gottverlassenen Fleckchen wegkommen können? Wie hätte ich euch erreichen können? Und … Krüppel, wie ich war, welche Frau hätte ich für dich abgegeben? In meiner Wirklichkeit hattest du, allein schon wegen unserer beiden Kinder, längst eine gute Frau gefunden. Gutaussehend und vermögend, wie du

bist.
Ja, das stand dir zu, Dirk. Nur, all das zusammen ergab, dass sich unser früheres Leben immer weiter von mir entfernte. Ich war da, du warst hier. Ich wusste nicht dass du <u>keine</u> Frau hattest. Ich war gestern in deinem Arbeitszimmer, Dirk. Da habe ich erkannt, dass ich vor Medredow den Fehler meines Lebens gemacht hab'. Ich hätte die Welt anhalten und dich in die Arme nehmen sollen … aber ich blöde Gans bin erschrocken auf Abstand gegangen ..." Sonja schüttelte den Kopf „... dümmer ging's wohl nicht. Ich möchte aufwachen aus meinem Albtraum … ich möchte den Fehler wieder gutmachen … ich möchte bei dir und unseren Kindern sein ..."
„Sonja, du musst es nicht wegen mir ..."
„Unterbrich mich nicht! Ich bin noch nicht fertig. Es wird hier in Gillenfeld Gerede geben, weshalb ich drüben geheiratet hab', aber ich werde mich dem stellen. Sowieso werde ich zur Zeit drüben in Russland gesucht. Also, auch wenn ich wollte, ich könnte nicht zurück. Du musst mich hierbehalten! Nun, denn ..." Sonja nahm einmal tief Luft, „ … damit es auch bei dir ankommt … ich möchte bei euch bleiben. Willst du mich noch haben?"
„Ob ich dich noch …" Dirk blieb der Mund offenstehen, „...das ist doch nur eine rein rhetorische Frage ..."
Und Dirk bekam die erste Ohrfeige wieder nach zwanzig Jahren. „Hör auf mit deinen blöden gescheiten Sprüchen! Dir hat wohl so lange keine richtige Frau mehr die Ohren gewaschen! Willst du mich noch, ja oder nein?"
Dirk konnte es nicht fassen. Es war die schönste Ohrfeige seines Lebens gewesen.
„Komm her, großes Mädchen und lass dich drücken."

27. Kapitel. Der Kreml. Sitzungssaal im 1. Stock. 22. September 2003

Im Kreml saß, in Gedanken versunken, Innenminister Prokhor Djuschew am großen Konferenztisch des 3. Sitzungssaals, und las den Bericht noch einmal durch.
Dieser hochbrisante Bericht, der über den Oberbefehlshaber der Landstreitkräfte, Marschall Alijew, auf dem hierarchischen Weg an ihn weitergeleitet worden war, hatte es in sich.
Und das nicht zu knapp.
Mann, was für ein Schlamassel!
Und das nach einer Ewigkeit von 20 Jahren!
Damals war er, Djuschew, noch junger Parteiaktivist gewesen.
Russische Soldaten der Kriegsmarine hatten, demzufolge, an jenem Tag auf verletzte Überlebende geschossen, die im Meer trieben und mit viel Glück aus einem abgestürzten Passagierflugzeug rausgekommen waren.
Flottenadmiral Maxim Mironowitsch Grigorjew war damals junger Commodore der Seemacht auf Sakhalin gewesen und hatte den Befehl dazu erteilt.
Innenminister Djuschew schüttelte wütend den Kopf. Für das, was in diesem Bericht stand, würde Grigorjew heute geradestehen müssen!
Die Unglücksmaschine war zudem noch irrtümlich von der russischen Luftwaffe abgeschossen worden.
Na toll!
Große Klasse!
Der Bericht selbst, war von Generaloberst Jurij Fjodorowitsch Atanow verfasst worden und ließ keinen Zweifel am Geschehen übrig. Seine Frau Carlowa war die einzige Überlebende gewesen.
Eine Augenzeugin!
Atanows Ruf innerhalb der sowjetischen Streitkräften war einwandfrei.
Keine Chance für Flottenadmiral Grigorjew, sich da

rauszuwinden.
Da würden heute die Fetzen fliegen.
Verdammt!
Ausgerechnet Grigorjew!
Beliebt in der hohen Politik und verehrt von der Truppe.
Oh, ja! Das würde Scherben geben!
Es klopfte. Ein Wachsoldat trat herein und salutierte zackig.
„Armeeminister Lew Kuszow, Sir, und General Puschkin vom Geheimdienst!"
Djuschew nickte. Er mochte Kuszow, denn der Armeeminister war ein Mann schneller Entschlüsse und mit glasklarem gesunden Menschenverstand ausgestattet.
Aber was hatte Puschkin hier zu suchen?
Armeeminister Kuszow und Geheimdienstchef Puschkin traten ein. Kuszow nahm Hut und Mantel ab. „Erspar mir deine Bedenken, Prokhor, ich kenne das Dossier," sagte Kuszow sofort. „Wenn das zutrifft, was da drin steht, wird Grigorjew zwei Sterne abgeben müssen. Ob's dann noch zum kleinen Konteradmiral reicht, hängt allein von seinem Benehmen ab."
Djuschew nickte. Kuszow war knallhart und würde kein Blatt vor den Mund nehmen.
Puschkin, seinerseits hielt sich zurück.
Aus den Augenwinkeln bemerkte Djuschew, dass der Geheimdienstchef auch eine Mappe mit Notizen bereit legte.
Der Wachsoldat meldete Marschall Alijew und Generaloberst Atanow.
Die Begrüßung fiel knapp aus, denn das Anliegen von Generaloberst Atanow, um das es hier ging, war mehr als unangenehm.
Für alle Parteien.
Aber dennoch unumgänglich.
Der Innenminister bat die beiden, Platz zu nehmen.
Man wartete jetzt nur noch auf Flottenadmiral Grigorjew.
Der Wachsoldat trat abermals herein und salutierte. „Ein Priester, Sir. Pater Ignat Petrow. Zu einer Zeugenaussage."
Djuschew blickte Kuszow überrascht an. Der zuckte unbeteiligt

mit den Schultern.

„Bitten Sie den Pater herein!"

Pater Ignat Petrow war Ende vierzig und sah hager und asketisch aus. Djuschew fand, dass er eine ungesunde Hautfarbe hatte.

Er bat ihn, Platz zu nehmen.

„Fregattenkapitän Serjoscha Uljanow, zur Zeugenaussage," meldete der Wachsoldat erneut.

Armeeminister Kuszow runzelte die Stirn.

Wer war denn das? Dies sollte doch eine interne Sitzung werden!

Wieso marschierte dann plötzlich halb Russland hier herein?

Aber, bitte sehr! Tun Sie sich keinen Zwang an!

Dann kam Flottenadmiral Grigorjew, stattlich, gutaussehend, aber mit ernstem Blick.

Die vier goldenen Sterne blitzten auf seinen roten Epauletten.

Er gab niemandem die Hand, sondern grüßte nur kurz in die Runde bevor er sich setzte.

„So, meine Herren, wir sind vollzählig," begann Innenminister Djuschew.

„Hiermit eröffne ich die Anhörung gegen Flottenadmiral Maxim Mironowitsch Grigorjew, gegen den, seitens der Landstreitkräfte, eine zivile Zeugenaussage vorliegt, betreffend der Vorfälle am 1.September 1983, die sich während der Bergung verletzter Opfer eines verunfallten Passagierflugzeugs der Korean Airlines zugetragen haben."

Er hob kurz die Augen und nagelte Grigorjew mit den Blicken fest. „Flottenadmiral Grigorjew! Ist Ihnen das vorliegende Dossier bekannt?"

Grigorjew wirkte ruhig, fast unbeteiligt. „Das ist es, Innenminister."

„Würden Sie sich bitte zu den Vorfällen äußern!"

Grigorjew hob langsam den Blick. Dann fixierte er Atanow ... und plötzlich platzte es aus ihm heraus: „Verdammt, Atanow! Ich glaub's nicht! Ist es das, was Sie mir vorwerfen?"

Armeeminister Kuszow fiel ihm hart ins Wort:" Bitte, reden Sie

Generaloberst Atanow mit seinem militärischen Rang an. Wir sind hier nicht auf der Straße!"
„Entschuldigung," sagte Grigorjew leichthin.
„Ich hätte Sie gerne in meinen Reihen gehabt, Generaloberst," fuhr Grigorjew fort, „Sie sind ein integrer Offizier von untadeligem Ruf. Wenn Sie mich mit so etwas beschuldigen, hat das Gewicht. Sind Sie sich dessen bewusst?"
„Ja, Flottenadmiral. Es liegt in diesem Fall eine Zeugenaussage gegen die Marine vor, die keinen Zweifel an ..."
„Die Zeugenaussage Ihrer Frau, ich weiß," wehrte Grigorjew ab. „Ich habe sie genau durchgelesen. Ihr Inhalt stimmt hundertprozentig mit den Fakten überein! Dafür verbürge ich mich, nur ..."
Innenminister Djuschew fiel die Kinnlade herab. „Sie ... sie geben also zu, dass Sie in Friedenszeiten den Befehl gaben, auf wehrlose Verletzte zu schießen ..."
Grigorjew sprang vehement auf. „Nichts gebe ich zu!!" und hieb mit der Faust auf den Tisch, dass es krachte.
„Mäßigen Sie Ihren Ton!!" fuhr Armeeminister Kuszow ihn an. „Sie haben soeben bestätigt ..."
„Ich sagte, die Zeugenaussage stimmt zu hundert Prozent," fiel Grigorjew ihm ins Wort, „aber ..." seine Stimme wurde etwas leiser „... die Schlussfolgerungen sind falsch..." er setzte sich und schaute zu Boden „... die Schlussfolgerungen sind falsch."
Djuschew beobachtete ihn genau. Grigorjews Benehmen machte ihn neugierig.
„Wie darf ich das verstehen, Flottenadmiral? Die Schlussfolgerungen sind falsch? Erklären Sie uns das bitte!"
Grigorjew hob den Kopf und blickte Außenminister Kuszow an. „Sie kennen das Dossier, Minister Kuszow?"
„Ich kenne das Dossier genau."
„Gut. Sehr gut." Dann wandte er sich an Pater Petrow und an Fregattenkapitän Uljanow: „Wir müssen noch einmal da durch, meine Herren! Nehmen Sie bitte meine Entschuldigung an. Es bleibt uns nicht erspart. Es genügt, wenn Sie sich genau an die Wahrheit halten ... nur an die Wahrheit."

Petrow und Uljanow nickten ernst.

„Es hatte gekracht am Himmel," begann Grigorjew. „Wir bekamen Order, gegen 6 Uhr 10, auszulaufen um Überlebende einer abgeschossenen amerikanischen Spionagemaschine zu bergen. Ich hatte 5 Fregatten, 2 Zerstörer und den Kreuzer Admiral Fokin der Pazifikflotte unter meinem Kommando. Wir hielten Richtung Sakhalin. Währenddessen suchten vier Flugstaffeln von Sokhol nach der Absturzstelle. Noch war nichts gefunden worden. Ich ließ den Kurs korrigieren und wir steuerten die Insel Moneron an, wo der Radar von Komsomolsk die Maschine zuletzt gesichtet hatte…"

Es gab eine kurze Unterbrechung.

Ein Angestellter des Kreml brachte Tee für alle.

Grigorjew nahm mit einem kurzen Nicken eine Tasse an und setzte sie an die Lippen. Alle sahen deutlich, dass seine Hand zitterte.

Grigorjew setzte die Tasse ab und berichtete weiter: „Dann kam ein Funkspruch. Admiral Poljakow wollte mich privat auf einer geschützten Frequenz sprechen. Ich ging also in den Kapitänsraum und schaltete den Zerhacker ein."

„Und dann …" Grigorjew blickte Kuszow kurz an. „Oh ja, auch ein Commodore kann erschrecken, Minister. Admiral Poljakow teilte mir unumwunden mit, dass die Luftabwehr sich geirrt hatte, und Sokhol eine zivile Linienmaschine abgeschossen hatte. Mir wurde schlecht. Ich rannte auf die Brücke zurück und befahl, mit äußerster Kraft zu fahren. Es wurde langsam hell. Nebel stieg auf. Dann kam die Nachricht, dass einer der Piloten glaubte, die Absturzstelle gefunden zu haben und sie gaben uns die Position durch. Wir kamen an die Stelle …"

Grigorjew unterbrach sich und versuchte noch einmal, einen Schluck Tee zu sich zu nehmen. Aber seine Hand zitterte so stark, dass er einen Teil davon verschüttete und die Tasse wieder hinsetzte. „Ich … ja, es gab sie, die Überlebenden … wir sahen sie winken …verzweifelt … etwas stimmte nicht… sie schrien … ich orderte, die Boote in höchster Eile zu Wasser zu lassen … dann sah ich, wie zwei der Überlenden im Wasser

verschwanden ... Grauhaie!!! schrien die Matrosen in Panik ... die Männer rissen die Gewehre von den Schultern ... ich schrie: Schießt, Männer! Schießt die Drecksdinger weg! Gebt alles! Rettet die Leute!! ..."
Grigorjew fuhr sich zitternd mit der Hand über die Augen.
Er brauchte ein paar Sekunden, dann fuhr er mit leiser Stimme fort: „Meine Männer jagten alles aus ihren Gewehren, was sie hatten ... es war grauenvoll ..." er nickte mit dem Kopf, „in der Tat! Sie schossen ins Meer. Ihre Frau hatte richtig gesehen, Generaloberst, aber ... wir schafften es nicht, auch nur einen einzigen Überlebenden zu retten. Ein paar, die wir hochzogen, hatten unter ihren Schwimmwesten keine Beine mehr ... anderen war der ganze Unterleib weggerissen worden ... ihre Gedärme hingen heraus ... die Haie waren im Blutrausch ... wir schafften es nicht. Meine Männer waren am Boden ... einige übergaben sich ... ein paar drehten durch. Ich gab Order, die Seegrenze dichtzumachen ... wir bargen die Leichen ... nicht einen einzigen Überlebenden konnten wir retten ... nicht einen einzigen ... Bootsmann Petrow, hier anwesend, hat die Armee verlassen und ist Priester geworden. Fregattenkapitän Uljanow war lange in Behandlung, was seiner Karriere erheblich geschadet hat. 28 Männer wurden damals mit schweren psychischen Schäden ins Serbski-Institut eingeliefert."
Grigorjew ballte die Fäuste. „Ich selbst ... wollte es nicht wahrhaben. Grauhaie? Bei Sakhalin? Unmöglich! Das ergab für mich keinen Sinn. Ich ließ Nachforschungen anstellen, wieso am Ende dieses Sommers ausgerechnet Grauhaie bei Sakhalin auftauchten. Die Erklärung kam jedoch postwendend: der Sommer 83 war sehr heiß gewesen und viele Fischarten hatten kältere Gewässer aufgesucht. So auch die Haie, die diesen Fischschwärmen folgten ..."
Grigorjew schüttelte den Kopf. „Der Aufenthalt der Grauhaie im Japanischen Meer, war ein schrecklicher Zufall der Natur, meine Herren, und als das Flugzeug ins Meer fiel, wurden sie durch das Blut der Verletzten angelockt ... glauben Sie mir, ich habe Vieles gesehen aber ..." er blickte Atanow an „ ... danken

Sie unserem Herrgott auf den Knien, dass Ihre Frau damals verschont geblieben ist. Sie ist die einzige Überlebende dieses Massakers."
Grigorjew schwieg.
Es war still zwischen den Männern
Armeeminister Kuszow nickte in Gedanken. So war das also gewesen!
Geheimdienstchef Puschkin seinerseits, hatte mitgeschrieben und verglich seine Notizen. Die Aussagen von Flottenadmiral Grigorjew und der Bericht von Oberst Sergej Sorokin bestätigten den Irrtum, durch den die Frau von Generaloberst Atanow in den Verdacht der Spionage geraten war. Er würde das Dossier ad Acta legen lassen und diskret das Nötige veranlassen damit diese Person ab sofort unbehelligt blieb.
Djuschew blickte den Priester und den Fregattenkapitän an.
„Ich nehme an, meine Herren, sie wären nicht hier, wenn es nicht so gewesen wäre, wie es der Flottenadmiral soeben geschildert hat …"
Die beiden nickten.
„Ich war im ersten Boot," gab Pater Petrow zu, „wir waren nicht schnell genug … Gott möge uns vergeben."
Es war Generaloberst Atanow, der das Gespräch fortsetzte:
„Wenn ich Sie drum bitte, Flottenadmiral Grigorjew, würden Sie dann mein tiefstes Mitgefühl und meine Entschuldigung akzeptieren?"
Grigorjew nickte. „Grüßen Sie Ihre Frau von mir, Generaloberst. Vielleicht ist es Gerechtigkeit auf höherer Ebene, dass diese Bestien damals nicht alle gekriegt haben! Hat mir gutgetan, noch einmal darüber reden zu können."
Damit war die Sitzung aufgehoben.
Als sie den Sitzungssaal verließen, nahm Marschall Alijew Atanow kurz beiseite.
„Wir haben uns heute vielleicht nicht mit Ruhm bekleckert, Atanow, aber ich bin stolz auf Sie. Wissen Sie, das Richtige zu tun, steht jeder Armee gut zu Gesicht. Und das war heute. Ihr vierter Stern zum General ist nicht mehr weit weg, … und,

Atanow … grüßen Sie mir Ihre Frau."
Atanow nickte geistesabwesend.
Carlowa war weit weg … irgendwo in Deutschland … Würde er sie jemals wiedersehen?

28. Kapitel. Moskau, Wohnung von Jurij Atanow auf dem Yauszky Boulevard. 3. Oktober 2003

Gillenfeld, den 28. September 2003

Lieber Jurij,

Vielen Dank für deinen lieben Brief. Ich freue mich sehr darüber, dass die Sache von damals aufgeklärt wurde und dass ich wieder frei nach Moskau reisen darf. Was ich dir mitzuteilen habe ist so unendlich schwer.
Ich bin keine Russin, Jurij. Ich bin nicht das schöne Fischermädchen, das du in Aniva kennengelernt hattest. Ich war damals eine verheiratete Frau mit zwei Kindern ... und eine Frau, die dir nie die Wahrheit sagen konnte.
Das tut mir unendlich leid.
Als ich wieder in mein Heimatdorf kam, musste ich feststellen, dass Dirk die ganzen zwanzig Jahre lang nie eine andere Frau gehabt hatte.
Er war allein geblieben und hatte mit den Kindern um mich getrauert.
Kannst du das verstehen, dass ich ihm all die Jahre wieder gutmachen möchte? Kannst du verstehen, dass ich ihn nicht ein zweites Mal verlassen kann?
Du weißt, dass ich dich liebe. Unsere Ehe war

glücklich. Sehr glücklich. Aber kann man sein Glück auf das Leid anderer Menschen aufbauen?
Stell dir vor, Dirk wollte die Scheidung. Er wollte am liebsten alles ungeschehen machen und mir die freie Wahl lassen, zu dir zurückzukehren.
Aber ich kann nicht anders. Ich muss wieder für ihn und für die Kinder da sein. Sie haben mich all die Jahre so schmerzlich vermisst. Kannst du mir verzeihen, Jurij, dass ich mich so entschieden habe?
Vielleicht findest du ja ein hübsches Fischermädchen, das dich genau so liebt, wie ich. Ich würde es dir wünschen.
Leb wohl und vergiss mich nicht.

   In Liebe
      Deine Carlowa

Nachwort des Autors:

So leid es mir tut ... aber die Geschichte ist frei erfunden.
Sie stützt sich lediglich auf die Tatsachenberichte die im Vorwort über den Abschuss der Korean Airlines Maschine 007 dargestellt sind und in zahlreichen anderen Berichten nach dem 1. September 1983 veröffentlicht wurden, ... eine Sonja Hartmann aus Gillenfeld war nicht an Bord.
Glauben Sie's mir.
Sie ist, wie alle Charaktere dieser Geschichte, ein Produkt meiner „kranken" Phantasie (so pflegt meine Frau sich immer auszudrücken)
Auch das Auftauchen der Grauhaie im Japanischen Meer ist meine eigene Version. Es ist bislang nicht bekannt ob's damals Überlebende gegeben hat oder nicht (ich denke ... wohl eher nicht)

Ich wollte eine schöne Liebesgeschichte mit Happyend schreiben, aber die Story entglitt meiner Kontrolle und entwickelte eine Eigendynamik, die ich nicht beabsichtigt hatte ... bis mir bewusst wurde: wenn eine Frau zwei Männer gleichzeitig liebt ... (oder umgekehrt, wenn ein Mann zwei Frauen liebt) gibt's kein Happyend.
Sorry für all die, die sich schon auf den Moment gefreut hatten, in dem alles gut wird, aber in einer Dreierbeziehung gibt's nun mal immer einen Leidtragenden.
Das kann ich auch nicht ändern, es sei denn, die Geschichte würde unglaubwürdig.

Zum Trost darf ich aber noch hinzufügen, dass zu Weihnachten 2003 von der Post, ein gut verpacktes Päckchen an eine Adresse im schneebedeckten Gillenfeld ausgeliefert wurde.
Ein Päckchen aus Russland.
Für Frau Sonja Krüger-Hartmann.
Beim Auspacken kam eine sehr schöne Sammlung alter Schneekugeln zum Vorschein, die, sorgsam verpackt, die lange

Reise unversehrt überstanden hatten.
Eine jedoch fehlte.
Es war die blaue mit dem weißen griechischen Sockel, in der eine Braut mit goldenen Haaren selig lächelnd zum Himmel schaut und mit ihrem Liebsten zu den sanften Klängen des Donauwalzers tanzt …

Der Autor

Ich möchte mich zum Schluss noch bei Herrn Mertes aus Gillenfeld bedanken, der mir so liebenswürdig einen Einblick in seinen Schlossereibetrieb gewährt hat.